W0342172

Die schönsten Geschichten aus dem Schnee

Ein weihnachtliches Lesevergnügen

arsEdition

Weiß sind Türme, Dächer, Zweige
und das Jahr geht auf die Neige
und das schönste Fest ist da.

Theodor Fontane

Inhalt

Schneeflocken

Wende ich den Kopf nach oben:
Wie die weißen Flocken fliegen,
fühle ich mich selbst gehoben
und im Wirbeltanze wiegen.

Dicht und dichter das Gewimmel;
eine Flocke bin auch ich. –
Wie viel Flocken braucht der Himmel,
eh die Erde langsam sich
weiß umhüllt.

Klabund

Fanny Lewald

AUSZUG AUS:

Meine Lebensgeschichte

Für die Zeiteinteilung der Erwachsenen, welche ihre Tage zu Wochen, Monaten und Jahren ansammeln und nach diesen, wie der Kalender es lehrt, vor- und rückwärts zählen, hat das Kind lange Jahre hindurch weder die Fähigkeit noch den Sinn. Es rechnet nach den Jahreszeiten und nach seinen Festen und wer ihm diese Letzteren zu vermehren weiß, kommt seinem Gedächtnis ungemein zu Hilfe, während man dem Kind dadurch zugleich den dunklen Horizont seiner Erinnerungen und seiner Zukunft mit lichten Sternen erhellt. An Festen aber waren wir sehr reich.

Neben den Geburtstagen und dem Hochzeitstag der Eltern, an denen immer Gesellschaft im Haus war und für die wir von früh auf etwas lernen und tun mussten, hatten wir unsere eigenen Geburtstage zu feiern und außer den allgemeinen Feiertagen noch den ersten Schnee und den ersten Adventssonntag als Merksteine für unsere Kindheit.

Der erste Schnee fällt aber in Preußen oft schon in der ersten Hälfte des Oktobers, und wir konnten an nebligen und regnerischen Tagen manchmal gar nicht von den Fenstern fortkommen, weil wir immer hofften, heute werde und müsse der erste Schnee fallen und dann werde am Abend, wenn der Vater heraufkäme, die »große Schachtel« gezeigt werden, die wir eben nur einmal im Jahr, nur beim ersten Schneefall zu sehen bekamen.

Ich glaube, kein ägyptischer Priester hat jemals sorgfältiger auf das Steigen des Nils geachtet als wir Kinder auf den Fall des ersten Schnees. War das Jahr mild oder trocken, ließ der Schnee auf sich warten, so reichte das leiseste Flöckchen in der Luft dazu, uns alle mit dem Ausruf »Es schneit!« in die Wohnstube zu treiben. Aber das half uns gar nichts, und mit der Weisung, dass solch ein Gekrümel in der Luft nicht zähle und dass es ordentlich schneien müsse, ehe die Schachtel erscheinen könne, wurden wir zu neuem Warten, zu neuem Hoffen und dadurch zu erhöhter Freude gesteigert, wenn dann wirklich die weißen dicken Flocken in reicher Fülle von dem dunklen Himmel niederfielen, wenn die schwarzen durchregneten Straßen, wenn die Dächer und die Wolme und die Bleche vor den Fenstern sich dick mit Schnee bedeckten, aus dessen weißem Glanz uns die Aussicht auf die ersehnten Herrlichkeiten entgegenblinkte.

»Ist's bald sieben Uhr?«, fragten die Kinder dann den ganzen Nachmittag, während zum ersten Mal in dem Jahr die Äpfel zum Braten in die Röhre gelegt wurden und ihr Schmoren und ihr Duft die beginnende Feier verkündeten. Die Zeit wurde uns immer schrecklich lang, aber nicht eine Minute davon wurde uns erlassen, und erst um sieben Uhr gingen wir hinunter, wo die Eltern dann schon die »Schachtel« herausgenommen und auf den Tisch vor dem Sofa hingestellt hatten.

Und was war, was enthielt diese Schachtel, auf die wir uns durch ein ganzes Jahr hindurch freuten, die wiederzusehen mir Vergnügen machte, als ich schon zwölf, 13 Jahre alt und sehr verständig war und aus welcher irgendein Stück vor Augen zu bekommen mir heute das Herz mit großer Rührung füllen würde?

Die Schachtel war nichts als eine kleine Seitenschublade aus dem Sekretär meines Vaters, und sie enthielt nichts als einige Andenken, welche er darin aufbewahrte. Es lag darin ein rotes Maroquinbuch, in dem unsere Geburtstage, unsere Krankheiten, der Anfang unseres Schulbesuchs – mit einem Wort die Hauschronik – verzeichnet war. Es lagen darin in goldenen Kapseln die Bilder meiner Eltern als Brautleute gemalt, ein Hochzeitscarmen meiner Eltern, ein grünseidener, mit einer Inschrift versehener Vorhang, der unser Bild verhüllt hatte, als die Mutter es dem Vater zum Geburtstag geschenkt hat. Es lag darin einer jener silbernen Becher, die zum Andenken der Schlacht von Kunersdorf aus Rubeln gefertigt worden waren; es lagen darin Gedichte, welche August Lewald bei meinem ersten Geburtstag an die Eltern gerichtet hatte, desgleichen Brieftaschen, Börsen, Uhrbänder, welche Schwestern und Bekannte meinem Vater gehäkelt und gestickt und die er nie getragen hatte – kurz, es lagen Kleinigkeiten darin, wie jede nur einigermaßen bemittelte Familie deren ähnliche besitzt, es lag ein Schatz darin, den jede Familie sich für ihre Kinder ansammeln kann, wenn sie den Sinn hat, ihren Kindern auf die leichteste Weise unvergessliche Freuden zu bereiten.

Unsere ganze kleine Vergangenheit wurde uns von den Eltern vor dieser Schublade unwillkürlich rekapituliert. Wir hörten mit Entzücken, an welchem Tag und in welcher Stunde wir geboren worden waren. Wir amüsierten uns darüber, wie schlecht wir noch im vorigen Jahr die Gratulationsgedichte zu den Geburtstagen der Eltern geschrieben, wir lernten die Jugendfreunde und Bekannten der Eltern durch die kleinen Andenken kennen und was mehr als dies alles war: Wenn wir die ersten Bratäpfel verzehrten, hatten wir das Bewusstsein, ein großes Fest gefeiert zu haben, und fingen in aller Stille an, uns schon wieder auf den ersten Schnee des nächsten Jahres zu getrösten.

Unsere Freude an dem ersten Adventssonntag hatte einen noch viel geringeren Anlass. Sie beruhte auf einem kleinen Spielzeug, welches aus zwei auf grobe Holzsplitter gesteckten vergoldeten Äpfeln bestand, die mit ein paar Sträußchen von Buchsbaum und einem oder zwei aus grobem Ton geformten Vögelchen verziert waren, welche aber nur die Fantasie von Kindern für Vögel zu halten imstande war. Die ganze Pyramide kostete vielleicht sechs Pfennige, aber - und darauf beruht ein großer Teil der Freude in dem Kind - wir liebten sie, weil sie nur in der Adventswoche zu kaufen war, weil wir sie alle Jahre zum ersten Advent geschenkt bekommen hatten, weil wir sicher waren, dass man sie uns immer wieder schenken würde, und weil sie uns auf solche Weise überhaupt zu einem Sinnbild der herannahenden Weihnachtszeit geworden war. Sie war uns eine wundervolle Verkündigung, und der Engel, welcher mit seinem Lilienstängel vor der Jungfrau erschien, um ihr die Geburt des Erlösers zu verkünden, konnte sie nicht glücklicher machen als uns der Anblick unserer Eltern, wenn sie abends, vom Ausgehen heimkehrend, uns die ersten Pfeffernüsse und die Äpfelbäumchen in das Zimmer brachten. Es umfloss sie ein wahrer Goldglanz von Hoffnungen, alles, was wir uns wünschten und was wir erwarteten, trat in unseren Gesichtskreis, und nun, von diesem ersten Adventssonntag an, fingen wir zu zählen an, bis endlich mit dem Weihnachtsabend die helle Glückessonne für uns aufging, deren Strahlen uns durch das ganze Jahr nicht zu leuchten aufhören sollten.

Neuschnee

Flockenflaum zum ersten Mal zu prägen
mit des Schuhs geheimnisvoller Spur,
einen ersten schmalen Pfad zu schrägen
durch des Schneefelds jungfräuliche Flur -
kindisch ist und köstlich solch Beginnen,
wenn der Wald dir um die Stirne rauscht
oder mit bestrahlten Gletscherzinnen
deine Seele leuchtende Grüße tauscht.

Christian Morgenstern

Hermann Hesse

Wintertage in Graubünden

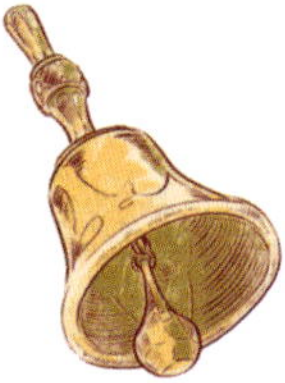

Von Klosters aus stieg ich an einem sonnenklaren, kalten Morgen die verschneiten Gassen und Matten hinan. Die Gipfel sprangen, einer nach dem anderen, ins milde Goldlicht des aufsteigenden Tages und lachten rosig in der milchig-sanften Himmelsbläue. Im Dorf war wenig Leben, die Engländer schliefen noch im Grand Hotel, die Kinder waren in der Schule; man sah nur da und dort einen Bauern mit Schlitten und Kuhgespann bergaufwärts fahren, um aus den hochgelegenen braunen Holzschuppen Heu zu holen, oder einen anderen, der ins Holz ging und seinen schweren Handschlitten an den hohen Hörnern nachschleppte. Sonst kein Leben und kein Ton als das Knirschen meiner Sohlen auf dem gefrorenen Schnee und weit unten im Tal das kaum hörbare, entfernte Schnauben der Davos-Landquarter-Eisenbahn.

Langsam kam ich empor, über das Dorf hinaus und der Sonnengrenze näher, die mir unmerklich entgegenkam und nach der ich allmählich sehnlich begehrte, da mir Ohren und Hände steif und rot gefroren waren und wehtaten. Der Weg war, obwohl nicht gepfadet, angenehm und wenig anstrengend, da der harte Schnee mich bequem trug und doch so viel nachgab, dass ich sicher und ohne Gleiten direkt aufwärts steigen konnte. Zwei Raubvögel, vermutlich Turmfalken, kreisten hoch und feierlich umeinander, sonst war außer mir nichts Lebendiges mehr am Berge sichtbar.

Aufatmend erreichte ich die höheren, von der Sonne beschienenen Schneematten. Hier herrschte kein Frost mehr, während ich noch vor einer Stunde in einer Kälte von zwölf Grad gegangen war. Aber nach kurzer Zeit war die Blendung so stark, dass ich die Schneebrille aufsetzen musste. Über die steil geneigten, von der leuchtenden Schneedecke weich abgerundeten Hänge flutete das Licht des jungen Tages diamanten und festlich, spielte in jähen Irisfarben, lachte eisig und unerträglich auf glatten Flächen, füllte Mulden und Hangränder mit zarten, schön blauen Schatten. Reif und Eis schmolzen mir vom Schnurrbart, die Luft begann sich leise zu erwärmen, und ich hielt eine erste kurze Rast, um diese Herrlichkeit zu begrüßen und die beginnenden Freuden der Wintersonne vorauszukosten.

Denn es gibt in der weiten Welt nichts Wunderbareres, Edleres und Schöneres als die Hochgebirgssonne im Winter. Von Schnee und Eis und Stein zurückgeworfen, spielt Licht und Wärme schwelgerisch in den unbeschreiblich durchsichtigen winterklaren Lüften – ein Licht und ein Strahlen feiner, zarter, trockener Wärme, von dem das Tiefland auch an den glänzendsten Tagen keine Ahnung hat.

Der lichte Himmel nahm allmählich tiefe Farben an, von Gipfel zu Gipfel gespannt, ruhte er tief und strahlend ohne jeden kleinsten Dunst, blau bis zur Farbe der Veilchen. Zugleich nahm die Wärme zu, und ich rastete oft auf dem Schnee, um nicht in Schweiß zu kommen. Den Rock trug ich längst überm Arm und die Handschuhe in der Tasche.

Hinter den obersten einsamen Heuhütten begann Tannenwald, und hinter dem Tannenwald stiegen unzugänglich senkrechte Steinwände in den Himmel mit fast gewaltsam scharfen, grellen Umrissen. Rückwärts übersah ich nun das tiefe und weite Tal, ungezählte Gipfel, berühmte und namenlose, und im Schnee verlorne, winzige Dörfer, ganz unten die dunkel fließende Landquart. Inzwischen hatte ich die Mütze abgelegt und das Hemd aufgeknöpft. Dann suchte ich mir zwischen Wald und Felsen einen geschützten Ort, wo verdorrtes Moos und Heidekraut schneefrei und trocken in der Sonne bräunte. Dort legte ich mich hin, aß ein Stück Schokolade und ruhte gründlich aus.

Ich lag wie im Sommer, fühlte die Dezembersonne auf Nacken und Arme brennen und dachte mit Behagen an meine Heimat am Bodensee, wo jetzt feuchte Kühle und Nebel herrschten. Dann begann ich, mir Hände und Arme mit Schnee zu waschen. Und da dies köstlich wohltat, warf ich eilig Schuhe und Strümpfe und alle Kleider ab, tat einen

Freudenschrei und badete mich erschauernd im körnigen Schnee. Als ich wieder in den Kleidern war und in der Sonne lag, fühlte ich unter der erfrischten Haut mein Blut wohliger und wärmer und lebendiger kreisen als je nach dem raffiniertesten Dampfbad.

Einen Teil des Rückwegs konnte ich, auf meiner Lodenjacke sitzend, über den Schnee abrutschen, den Rest legte ich zu Fuß zurück und kam gerade zur rechten Zeit nach Klosters, um bei einem guten Mittagessen meinen inzwischen scharf gewordenen Hunger zu stillen.

Weihnachtszeit

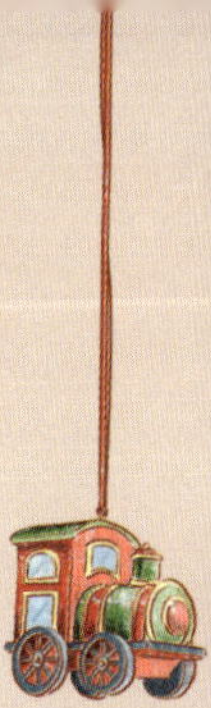

Seit Jahren hat's nicht so geschneit!
Das rieselt, rinnt und häuft sich an,
dass man im Lande weit und breit
nicht Weg noch Steg erkennen kann.
Die Stadt sieht wie ein Märchen aus:
Hat jedes Häuschen, jedes Haus
ein Mützchen auf aus weißem Schnee,
das blitzt und blinkt im Sonnenschein,
als wär's von lauter Edelstein.

Und drinnen gibt's verschlossne Türen!
Ein Zimmer, das das ganze Jahr
genau wie andre Zimmer war,
bekommt ein feierlich Gesicht:
Oft ist's zur Dämmerung, als glitten
verstohlne Schritte hin und her,
man sieht ein heimlich huschend Licht,
als ob das Christkind drinnen wär'!
Verschwiegne Päckchen kommen an,
die rascheln gar so wunderlich,
wenn kleine Finger daran rühren ...
Doch Mutter wehrt auf alle Bitten:
»Nicht fragen, 's ist vom Weihnachtsmann!«

Ein unbestimmter Kuchenduft
liegt wunderlieblich in der Luft!
Die Kinder schnuppern leis' herum
und schaun sich an und lachen stumm
und drücken sich am Schlüsselloch
die Näschen platt ...

O sel'ge Zeit,
wenn Liebe sich im Stillen müht
und nicht genug zu tuen weiß,
wenn mitten unter Schnee und Eis
die Blume des Erbarmens blüht,
wenn jubelnd sich die Glocken schwingen
und jedem, der es hören will,
die süße Weihnachtsbotschaft bringen:
»Das Christkind kommt, seid froh und still!«

Anna Ritter

Schnee

Schnee, zärtliches Grüßen
der Engel,
schwebe, sinke -
breit alles in Schweigen
und Vergessenheit!
Gibt es noch Böses,
wo Schnee liegt?
Verhüllt, verfernt er nicht
alles zu Nahe und Harte
mit seiner beschwichtigenden
Weichheit und dämpft selbst
die Schritte des Lautesten
in leise?
Schnee, zärtliches Grüßen
der Engel,
den Menschen, den Tieren! -
Weißeste Feier
der Abgeschiedenheit.

Franziska Stoecklin

Zsuzsa Bánk

AUSZUG AUS:

Weihnachtshaus

Über Nacht ist Schnee gefallen. Nicht bei uns in der Stadt, aber am Hoherodskopf. Lilli ruft an und sagt: Vogelsbergtag. Leute, Parole Vogelsbergtag! Claire bleibt mit der Aushilfe im Café, Samstag und Sonntag gehören uns, Montag um sechs Uhr fahren wir zurück und setzen die Kinder gleich an der Schule ab, gefrühstückt wird im Auto, frische Brötchen vom Bäcker am Ortsausgang, der hat um diese Uhrzeit schon geöffnet. Die Schneesachen für die Kinder und mich liegen in den Wintermonaten immer bereit, Skiunterwäsche, dicke Wollsocken, Skihose, wasserfeste Handschuhe, Mützen, Schneestiefel. Es sind drei Handgriffe, dann können wir los. Seit es Clemens nicht mehr gibt, haben wir das so eingerichtet. In jedem Winter kommt der Tag, an dem es geschneit hat und wir in den Vogelsberg fahren, die Stadt und unser Café für ein Wo-

chenende hinter uns lassen. In jedem Winter kommt der Tag, an dem Lilli anruft und sagt: Leute, Parole Vogelsbergtag! Solange unser Haus im Odenwald nicht fertig ist, gilt für uns diese Parole. Solange wir nicht in den Odenwald in unser Haus können, fahren wir in den Vogelsberg. Meist kommt dieser Tag erst im Januar oder Februar. Jetzt ist er schon im Dezember da.

Lilli hat das Alte Forsthaus für uns gemietet, direkt an der Hauptstraße, aber sobald man sie überquert, steht man in einer schier grenzenlosen Schneelandschaft unter einem übertrieben großzügig weiten Himmel. Man läuft den Hügel hoch und schaut zum Hoherodskopf, vielleicht achttausend Meter Luftlinie. Das Haus ist aus sprechendem Holz gebaut, sagt Lilli, knarzende Dielen, knarrende Treppen und Türen. Es ist geräumig, hat ein riesiges, warmes Bad. Lilli und ich schlafen zum Garten hin, im großen Zimmer, die Kinder unter dem Dach, in einem großen Bett unter der Schräge, neben einem Regal mit Brettspielen, fast alle haben wir schon gespielt. Das Wohnzimmer ist geschmückt, ein Kranz mit roten Bändern hängt vor dem Fenster, Windlichter stehen auf der Fensterbank, auf einem Tuch mit springenden Hirschen. Auf dem Tisch steht eine dicke rote Kerze auf einem Teller mit Tannenzapfen. Hinter dem Haus liegt ein großer Garten, der an den Wald grenzt. Der Teich ist zugefroren. Die Tannen stehen weiß, schwer beladen mit Schnee. Im Keller sind Langlaufskier, Schneeschuhe zum Schneewandern. Elsa und Luis steigen in die Skier und ziehen los, ich schaue ihnen vom Fenster aus nach und sehe sie kleiner werden, zwei zierliche Gestalten mit Stöcken in einem Meer aus Weiß. Lilli legt die Schneeschuhe für uns bereit, wir laufen eine große Kurve, wenig Anstieg, die

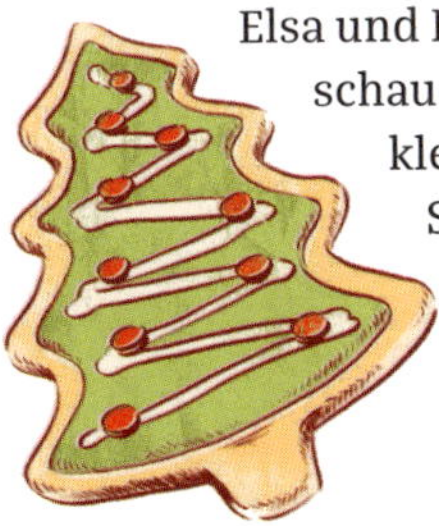

Sonne wärmt uns. Als wir oben ankommen, stecken wir die Stöcke in den Schnee und nehmen die Brillen ab. Weißes endloses Wintermeer. Wir reden nicht. Sonst reden wir ständig, aber hier schweigen wir. Aus irgendeinem Grund wollen wir schweigen, wir finden es angemessen, hier zu schweigen.

Am Nachmittag ziehen wir die Schlitten durchs Dorf zum Hang, Luis und Elsa laufen mit den Dorfkindern den Hügel hoch, sie sehen nicht aus wie Dorfkinder, etwas verrät sie, etwas zeigt, sie sind keine Einheimischen, vielleicht sind es ihre Mützen, die einen Tick zu modisch sind, vielleicht ihre Blicke, wie sie den Schnee anschauen, verrät sie womöglich, vielleicht ist es ihr Blick auf den Schnee, ihr staunender, neugieriger, verliebter Blick auf den Schnee. Ich verliere sie im Gewimmel aus den Augen und spüre plötzlich diese dumme Angst in mir hochsteigen. Seit Clemens nicht mehr da ist, kenne ich diese dumme plötzliche Angst, meine Kinder könnten verloren gehen, meine Kinder könnten mir abhandenkommen, meinen Kindern könnte etwas zustoßen. Lilli packt die Thermoskanne aus, wir trinken einen ihrer Probiertees, New Goji Berry. Ich rede gegen meine Angst an, ich frage, ob Ursel ihn mochte. Lilli schüttelt den Kopf, und ich muss lachen. Auf dem Rückweg jagen die Kinder auf ihren Schlitten durchs Dorf zurück zum Forsthaus. Lilli sagt, so wird das nächsten Winter im Odenwald sein, pass auf, genau so wird es, nur dass wir kein Haus mehr mieten müssen.

Am Abend spielen wir Uno mit heißen Wangen, Luis und Elsa sitzen in Skiunterwäsche und dicken Socken am Tisch, sie glühen, der Schneetag glüht in ihnen weiter. Lilli hat Suppe mitgebracht, einen großen Topf Suppe. Sie sagt, wenn sie hier ist, will sie nicht einkaufen, nicht in der Küche stehen und Gemüse schneiden oder am Herd in einem Topf rühren.

Wenn sie hier ist, will sie nur mit dicken Stiefeln durch den Schnee laufen oder vom Fenster hinaus auf diesen Schnee schauen, auf diesen glitzernd weißen, endlos scheinenden Schneesee, auf seine weiß gestäubten Tannen, die sich unter Sonne und Mond in einem silberweißen Pfad den Hügel hinaufziehen. Sie will nur den großen Topf auf den Herd stellen und fünfzehn Minuten später Suppe in unsere Teller schöpfen. Heute Linsensuppe mit Würstchen, dazu dunkles Brot vom Ortsbäcker. Die Kinder schlafen schnell ein, sobald sie in ihren Betten liegen, fallen ihnen die Augen zu. Der Schnee hat sie müde gemacht, der weiße Himmel, der endlose weiße Schneesee.

Schlittschuhlaufen

Der Winter geht so starr und kalt,
der Teich ist festgefroren,
frischauf die Schlittschuh angeschnallt,
die Pelze um die Ohren!

Wir gleiten hin, wir gleiten her
auf spiegelglattem Eise,
wir schwingen uns die Kreuz und Quer
und schlingen unsre Kreise.

Und plumpst auch einer mal dahin,
das darf nicht scheu ihn machen,
er stehet auf mit frischem Sinn,
und er beginnt zu lachen.

Er mischt sich wieder in die Reihn
und läuft in Freude weiter,
denn auf dem Eis, da muss man sein
recht munter, frisch und heiter.

Wolfgang Müller von Königswinter

Theodor Storm

Es weihnachtet sehr ...

Es wird Weihnachten! Mein Haus riecht schon nach braunem Kuchen – versteht sich, nach Mutters Rezept –, und ich sitze sozusagen schon seit einer Woche im Scheine des Tannenbaums. Ja, wie ich den Nagel meines Daumens besehe, so ist auch der schon halbwegs vergoldet. Denn ich arbeite jetzt abends nur in Schaumgold, Knittergold und bunten Bonbonpapieren; und während ich Netze schneide und Tannen- und Fichtenäpfel vergolde und die Frauen, das heißt meine Frau und Röschen, Lisbeths Puppe ausputzen, liest Onkel Otto uns die »Klausenburg« von Tieck vor oder gibt hin und wieder eine Probe aus den Bilderbüchern, die Hans und Ernst auf den Teller gelegt werden sollen. Gestern Abend habe ich sogar Mandeln und Zitronat für die Weihnachtskuchen schneiden helfen, auch Kardamom dazu gestoßen und Hirschhornsalz. Den Vormittag war ich stundenlang auf den Bergen in den Wäldern herumgeklettert, um die Tannenäpfel zu suchen. Ja, ihr hättet mich sogar in meinem dicken Winter-

Surtout hoch oben in einer Tannenspitze sehen können. Freilich hatte ich mich vorher gehörig umgesehen; denn der Herr Kreisrichter durfte sich doch nicht auf einem ganz offenbaren Waldfrevel ertappen lassen.

Jeden Morgen, die letzten Tage, kommt der Postbote und bringt Päckchen oder einen Brief aus der Heimat oder aus der Fremde von Freunden. Die Weihnachtszcit ist doch noch gerade so schön, wie sie in meinen Kinderjahren war.

Wenn nur noch der Schnee kommen wollte; wir wohnen hier so schön einsam zwischen den Bergen, da müsste der Weihnachtsbaum, wenn er erst brennt, prächtig in die Winterlandschaft hinausleuchten …

An die Eltern, 20.12.1856

Ich werde die Liebe
zu den Zaubern
des Weihnachtsfestes
nie verlernen.

Thomas Mann

Der erste Schnee

Wenn die ersten Flocken fallen
nieder von dem Himmel leis',
breitend über Wald und Felder
eine Decke silberweiß –

Glänzen alle Kinderaugen,
denn nun ist der Winter da;
und sie wissen's wohl, die Kleinen,
dann ist's Christkindlein auch nah'.

Christkind mit den schönen Gaben
und dem hellen Weihnachtsbaum,
den sie seit dem letzten Feste
oft geseh'n in süßem Traum.

Wir, die Alten, Klugen, denken
jagend an die Winterzeit –
Kinder singen Weihnachtslieder,
wissen nichts von Sorg' und Leid.

Und ich will's euch nur gestehen,
auch ich freu' mich wie ein Kind,
da ich schon so manchen Streifen
Schnee auf meinem Haupte find'.

Zwar der Schnee bringt nur den Winter,
doch ich bang und zage nicht,
schau dahinter schon im Geiste
ein hellstrahlend Weihnachtslicht;

Höre leise schon erklingen
Weihnachtsglocken wunderbar,
die zum schönsten Fest mich rufen
und zum sel'gen neuen Jahr.

Julie Hausmann

Theodor Fontane

AUSZUG AUS:

Vor dem Sturm

HEILIGABEND

Es war Weihnachten 1812, Heiliger Abend. Einzelne Schneeflocken fielen und legten sich auf die weiße Decke, die schon seit Tagen in den Straßen der Hauptstadt lag. Die Laternen, die an lang ausgespannten Ketten hingen, gaben nur spärliches Licht; in den Häusern aber wurde es von Minute zu Minute heller, und der »Heilige Christ«, der hier und dort schon einzuziehen begann, warf seinen Glanz auch in das draußen liegende Dunkel.

So war es auch in der Klosterstraße. Die Singuhr der Parochialkirche setzte eben ein, um die ersten Takte ihres Liedes zu spielen, als ein Schlitten aus dem Gasthof »Zum grünen Baum« herausfuhr und gleich darauf schräg gegenüber vor einem zweistöckigen Haus hielt, dessen hohes Dach noch eine Mansardenwohnung trug. Der Kutscher des Schlittens, in einem abgetragenen, aber mit drei Kragen ausstaffierten Mantel, beugte sich vor und sah zu den obersten Fenstern hinauf; als er jedoch wahrnahm, dass alles ruhig blieb, stieg er von seinem Sitz, strängte die Pferde ab und schritt auf das

Haus zu, um durch die halb offen stehende Tür in dem dunklen Flur desselben zu verschwinden. Wer ihm dahin gefolgt wäre, hätte notwendig das stufenweise Stapfen und Stoßen hören müssen, mit dem er sich, vorsichtig und ungeschickt, die drei Treppen hinauffühlte.

Der Schlitten, eine einfache Schleife, auf der ein mit einem sogenannten »Plan« überspannter Korbwagen befestigt war, stand all die Zeit über ruhig auf dem Fahrdamm, hart an der Öffnung einer hier aufgeschütteten Schneemauer. Der Korbwagen selbst, mutmaßlich um mehr Wärme und Bequemlichkeit zu geben, war nach hinten zu, bis an die Plandecke hinauf, mit Stroh gefüllt; vorn lag ein Häckselsack, gerade breit genug, um zwei Personen Platz zu gönnen. Alles so primitiv wie möglich. Auch die Pferde waren unscheinbar genug, kleine Ponys, die gerade jetzt in ihrem winterlich rauen Haar ungeputzt und dadurch ziemlich vernachlässigt aussahen. Aber wie immer auch, die russischen Sielen, dazu das Schellengeläut, das auf rot eingefassten, breiten Ledergurten über den Rücken der Pferde hing, ließen keinen Zweifel darüber, dass das Fuhrwerk aus einem guten Haus sei.

So waren fünf Minuten vergangen oder mehr, als es auf dem Flur hell wurde. Eine Alte in einer weißen Nachthaube, das Licht mit der Hand schützend, streckte den Kopf neugierig in die Straße hinaus; dann kam der Kutscher mit Mantelsack und Pappkarton; hinter diesem, den Schluss bildend, ein hoch aufgeschossener junger Mann von leichter, vornehmer Haltung. Er trug eine Jagdmütze, einen kurzen Rock und war in seiner ganzen Oberhälfte unwinterlich gekleidet. Nur seine Füße steckten in hohen Filzstiefeln. »Frohe Feiertage, Frau Hulen«, damit reichte er der Alten die Hand, stieg auf die Deichsel und nahm Platz neben dem Kutscher. »Nun vorwärts, Krist; Mitternacht sind wir in Hohen-Vietz. Das ist recht, dass Papa die Ponys geschickt hat.«

Die Pferde zogen an und versuchten, ihrer Natur nach, in einen leichten Trab zu fallen; aber erst als sie die Königsstraße mit ihrem Weihnachtsgedränge und Waldteufelgebrumm im Rücken hatten, ging es in immer rascherem Tempo die Landsberger Straße entlang und endlich, unter immer munterer werdendem Schellengeläut, zum Frankfurter Tor hinaus.

Draußen umfing sie Nacht und Stille; der Himmel klärte sich, und die ersten Sterne traten hervor. Ein leiser, aber scharfer Ostwind fuhr über das Schneefeld, und der Held unserer Geschichte, Lewin von Vitzewitz, der seinem väterlichen Gut Hohen-Vietz zufuhr, um die Weihnachtsfeiertage daselbst zu verbringen, wandte sich jetzt, mit einem Anflug von märkischem Dialekt, an den neben ihm sitzenden Gefährten. »Nun, Krist, wie wär es? Wir müssen wohl einheizen.« Dabei legte er Daumen und Zeigefinger ans Kinn und paffte mit den Lippen. Dies »Wir« war nur eine Vertraulichkeitswendung; Lewin selbst rauchte nicht. Krist aber, der von dem Augenblick an, wo sie die Stadt im Rücken hatten, diese Aufforderung erwartet haben mochte, legte ohne Weiteres die Leinen in die Hand seines jungen Herrn und fuhr in die Manteltasche, erst um eine kurze Pfeife mit bleiernem Abguss, dann um ein neues Paket Tabak daraus hervorzuholen. Er nahm beides zwischen die Knie, öffnete das mit braunem Lack gesiegelte Paket, stopfte und begann dann, mit derselben langsamen Sorglichkeit nach Stahl und Schwamm zu suchen. Endlich brannte es; er tat, indem er wieder die Leine nahm, die ersten Züge, und während jetzt kleine Funken aus dem Drahtdeckel hervorsprühten, ging es auf Friedrichsfelde zu, dessen Lichter ihnen über das weiße Feld her entgegenschienen.

(...)

Die Sterne traten immer zahlreicher hervor. Lewin lupfte die Kappe, um sich die Stirn von der frischen Winterluft anwehen zu lassen, und sah staunend und andächtig in den funkelnden Himmel hinauf. Es war ihm, als fielen alle dunklen Geschicke, das Erbteil seines Hauses, von ihm ab und als zöge es lichter und heller von oben her in seine Seele. Er atmete auf. Zwei, drei Schlitten flogen vorüber, grüßten und sangen, sichtlich Gäste, die im Nebendorf die Bescherung nicht versäumen wollten; dann, ehe fünf Minuten um waren, glitt das Gefährt unserer zwei Freunde unter den Giebelvorbau des Bohlsdorfer Kruges.

Bohlsdorf war Drittel Weg. Niemand kam. An den Fenstern zeigte sich kein Licht; die Krügersleute mussten in den Hinterstuben sein und das Vorfahren des Schlittens, trotz seines Schellengeläutes, überhört haben. Krist nahm wenig Notiz davon. Er stieg ab, holte eine der Stehkrippen heran, die beschneit an dem Hofzaun entlang standen, und schüttete den Pferden ihren Hafer ein.

Auch Lewin war abgestiegen. Er stampfte ein paarmal in den Schnee, wie um das Blut wieder in Umlauf zu bringen, und trat dann in die Gaststube, um sich zu wärmen und einen Imbiss zu nehmen. Drinnen war alles leer und dunkel; hinter dem Schenktisch aber, wo drei Stufen zu einem höher gelegenen Alkoven führten, blitzte der Christbaum von Lichtern und goldenen Ketten. In diesem Weihnachtsbild, das der enge Türrahmen einfasste, stand die Krügersfrau in Mieder und rotem Friesrock und hatte einen Blondkopf auf dem Arm, der nach den Lichtern des Baumes langte. Der Krüger selbst stand neben ihr und sah auf das Glück, das ihm das Leben und dieser Tag beschert hatten.

Lewin war ergriffen von dem Bild, das fast wie eine Erscheinung auf ihn wirkte. Leiser, als er eingetreten war, zog er sich wieder zurück und trat auf die Dorfstraße. Gegenüber dem Krug, von einer Feldsteinmauer eingefasst, lag die Bohlsdorfer Kirche, ein alter Zisterzienserbau aus den Tagen der ersten Kolonisation. Es klang deutlich von drüben her, als würde die Orgel gespielt, und Lewin, während er noch aufhorchte, bemerkte zugleich, dass eines der kleinen, in halber Wandhöhe hinlaufenden Rundbogenfenster matt erleuchtet war. Neugierig, ob er sich täuschte oder nicht, stieg er über die niedrige Steinmauer fort und schritt, zwischen den Gräbern hin, auf die Längswand der Kirche zu. Ziemlich inmitten dieser Wand bemerkte er eine Pforte, die nur eingeklinkt, aber nicht geschlossen war. Er öffnete leise und trat ein. Es war, wie er vermutet hatte. Ein alter Mann, mit Samtkäppsel und spärlichem weißen Haar, saß vor der Orgel, während ein Lichtstümpfchen neben ihm eine kümmerliche Beleuchtung gab. In sein Orgelspiel vertieft, bemerkte er nicht, dass jemand eingetreten war, und feierlich, aber gedämpften Tones klangen die Weihnachtsmelodien nach wie vor durch die Kirche hin.

Übte sich der Alte für den kommenden Tag oder feierte er hier sein Christfest allein für sich mit Psalmen und Choral? Lewin hatte sich die Frage kaum gestellt, als er, der Orgel gegenüber, einen zweiten Lichtschimmer wahrnahm; auf der untersten Stufe des Altars stand eine kleine Hauslaterne. Als er näher trat, sah er, dass Frauenhände hier eben noch beschäftigt gewesen sein mussten. Ein Handfeger lag da, daneben eine kurze Stehleiter, die beiden Seitenhölzer oben mit Tüchern umwunden. Das Licht der Laterne fiel auf zwei Grabsteine, die vor dem Altar in die Fliesen eingelegt waren; der eine zur Linken enthielt nur Namen und Datum, der andere zur Rechten aber zeigte Bild und Spruch. Zwei Lindenbäume neigten ihre Wipfel einander zu, und darunter standen Verse, zehn oder zwölf Zeilen. Nur die Zeilen der zweiten Strophe waren noch deutlich erkennbar und lauteten:

Sie sieht nun tausend Lichter;
Der Engel Angesichter
ihr treu zu Diensten stehn;
Sie schwingt die Siegesfahne
auf güldnem Himmelsplane
und kann auf Sternen gehn.

Lewin las zwei-, dreimal, bis er die Strophe auswendig wusste; die letzte Zeile namentlich hatte einen tiefen Eindruck auf ihn gemacht, von dem er sich keine Rechenschaft geben konnte. Dann sah er sich noch einmal in der seltsam erleuchteten Kirche um, deren Pfeiler und Chorstühle ihn schattenhaft umstanden, und kehrte, die Tür leise wieder anlehnend, erst auf den Kirchhof, dann, mit raschem Sprung über die Mauer, auf die Dorfstraße zurück.

Der Krug hatte indessen ein verändertes Ansehen gewonnen. In der Gaststube war Licht; Krist stand am Schenktisch im eifrigen Gespräch mit dem Krüger, während die Frau, aus der Küche kommend, ein Glas Kirschpunsch auf den Tisch stellte. Sie plauderten noch eine Weile auch über den alten Küster drüben, der, seitdem er Witmann geworden, seinen Heiligen Abend mit Orgelspiel zu feiern pflege; dann, unter Händeschütteln und Wünschen für ein frohes Fest, wurde Abschied genommen, und an den stillen Dorfhütten vorbei ging es weiter in die Nacht hinein.

Lewin sprach von den Krügersleuten; Krist war ihres Lobes voll. Weniger wollte er vom Bohlsdorfer Amtmann wissen, am wenigsten vom Petershagener Müller, an dessen abgebrannter Bockmühle sie eben vorüberfuhren. Aus allem ging hervor, dass Krist, der allwöchentlich dieses Weges kam, den Klatsch der Bierbänke zwischen Berlin und Hohen-Vietz in treuem Gedächtnis trug. Er wusste alles und schwieg erst, als Lewin immer stiller zu werden begann. Nur kurze Ansprachen an die Ponys belebten noch den Weg. Die regelmäßige Wiederkehr dieser Anrufe, das monotone Schellengeläut, das alsbald wie von weit her zu klingen schien, legte sich mehr und mehr mit einschläfernder Gewalt um die Sinne unseres Helden. (...)

»Noch eine halbe Meile, junger Herr«, sagte Krist.

»Dann sind wir in Dolgelin?«

»Nein, in Hohen-Vietz.«

»Da hab ich fest geschlafen.«

»Dritthalb Stunn.«

Das Erste, was Lewin wahrnahm, war die Sorglichkeit, mit der sich der alte Kutscher mittlerweile um ihn bemüht hatte. Der Futtersack war ihm unter die Füße geschoben, die beiden Pferdedecken lagen ausgebreitet über seinen Knien.

Nicht lange, und der Hohen-Vietzer Kirchturm wurde sichtbar. An oberster Stelle eines Höhenzuges, der nach Osten hin die Landschaft schloss, stand die graue Masse, schattenhaft im funkelnden Nachthimmel.

Dem Sohn des Hauses schlug das Herz immer höher, sooft er dieses Wahrzeichens seiner Heimat ansichtig wurde. Aber er hatte heute nicht lange Zeit, sich der Eigentümlichkeit des Bildes zu freuen. Die beschneiten Parkbäume traten zwischen ihn und die Kirche, und einige Minuten später schlugen die Hunde an, und zwischen zwei Torpfeilern hindurch be-

schrieb der Schlitten eine Kurve und hielt vor der portalartigen Glastür, zu der zwei breite Sandsteinstufen hinaufführten.

Lewin, der sich schon vorher erhoben hatte, sprang hinaus und schritt auf die Stufen zu. »Guten Abend, junger Herr«, empfing ihn ein alter Diener in Gamaschen und Frackrock, an dem nur die großen, blanken Knöpfe verrieten, dass es eine Livree sein sollte.

»Guten Abend, Jeetze; wie geht es?«

Aber über diesen Gruß kam Lewin nicht hinaus, denn im selben Augenblick richtete sich ein prächtiger Neufundländer vor ihm auf und überfiel ihn, die Vorderpfoten auf seine Schultern legend, mit den allerstürmischsten Liebkosungen.

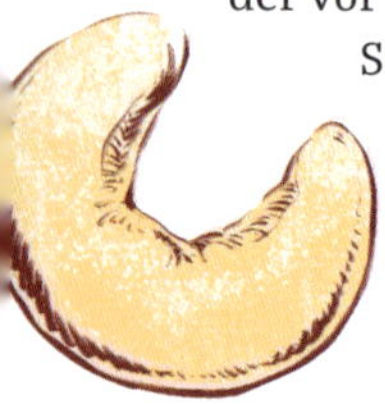

»Hektor, lass gut sein, du bringst mich um.« Damit trat unser Held in die Halle seines väterlichen Hauses. Ein paar Scheite, die im Kamin verglühten, warfen ihr Licht auf die alten Bilder an der Wand gegenüber. Lewin sah sich um, nicht ohne einen Anflug freudigen Stolzes, auf der Scholle seiner Väter zu stehen.

Dann leuchtete ihm der alte Diener die schwere doppelarmige Treppe hinauf, während Hektor folgte.

(...)

WEIHNACHTSMORGEN

An Lewins Seele waren inzwischen unruhige Träume vorübergegangen. Die Fahrt im Ostwind hatte ihn fiebrig gemacht, und erst gegen Morgen verfiel er in einen festen Schlaf. Eine Stunde später begann es bereits, im Haus lebendig zu werden: Auf dem langen Korridor, an dessen Nordostecke Lewins Zimmer gelegen war, hallten Schritte auf und ab, schwere Holzkörbe wurden vor die Feuerstellen gesetzt und große Scheite von außen her in den Ofen geschoben. Bald darauf öffnete sich die Tür, und der alte Diener, der am Abend zuvor seinen jungen Herrn empfangen hatte, trat ein, einen Blaker in der Hand. Hektor blieb liegen, reckte sich auf dem Rehfell und wedelte nur, als ob er rapportieren wolle: alles in Ordnung. Jeetze setzte das Licht, dessen Flamme er bis dahin mit seiner Rechten sorglich gehütet hatte, hinter einen Schirm und begann alles, was an Garderobestücken umherlag, über seinen linken Arm zu packen. Er selbst war noch im Morgenkostüm; zu den Samthosen und Gamaschen, ohne die er nicht wohl zu denken war, trug er einen Arbeitsrock von doppeltem Zwillich. Als er alles beisammenhatte, trat er, leise wie er gekommen war, seinen Rückzug an, dabei nach Art alter Leute unverständliche Worte vor sich her murmelnd. An dem zustimmenden Nicken seines Kopfes aber ließ sich erkennen, dass er zufrieden und guter Laune war.

Die Tür blieb halb offen, und das erwachende Leben des Hauses drang in immer mahnenderen, aber auch in immer anheimelnderen Klängen in das wieder still gewordene Zimmer. Die großen Scheite Fichtenholz sprangen mit lautem Krach auseinander, von Zeit zu Zeit zischte das Wasser, das aus den nass gewordenen Stücken in kleinen Rinnen ins Feuer lief, und von der Korridornische her hörte man den sicheren und regelrechten Strich, mit dem Jeetzes Bürste der Hacheln und Härchen, die nicht loslassen wollten, Herr zu werden suchte.

Alles das war hörbar genug, nur Lewin hörte es nicht. Endlich beschloss Hektor, der Ungeduld Jeetzes und seiner eigenen ein Ende zu machen, richtete sich auf, legte beide Vorderpfoten aufs Deckbett und fuhr mit seiner Zunge über die Stirn des Schlafenden hin, ohne weitere Sorge, ob seine Liebkosungen willkommen seien oder nicht. Lewin wachte auf; die erste Verwirrung wich einem heiteren Lachen. »Kusch dich, Hektor«, damit sprang er aus dem Bett. Der Morgenschlaf hatte ihn frisch gemacht; in wenigen Minuten war er angekleidet, ein Vorteil halb soldatischer Erziehung. Er durchschritt ein paarmal das Zimmer, betrachtete lächelnd einen mit vier Nadeln an die Tischdecke festgesteckten Bogen Papier, auf dem in großen Buchstaben stand: »Willkommen in Hohen-Vietz«, ließ seine Augen über ein paar Silhouettenbilder gleiten, die er von Jugend auf kannte und doch immer wieder mit derselben Freudigkeit begrüßte, und trat dann an eines der zugefrorenen Eckfenster. Sein Hauch taute die Eisblumen fort, ein Fleckchen, nicht größer als eine Glaslinse, wurde frei, und sein erster Blick fiel jetzt auf die eben aufgehende Weihnachtssonne, deren roter Ball hinter dem Turmknopf der Hohen-Vietzer Kirche stand. Zwischen ihm und dieser Kirche erhoben sich die Bäume des hügelansteigenden Parkes, fantastisch bereift, auf einzelnen ein paar Raben, die in die Sonne sahen und mit Gekreisch den Tag begrüßten.

Monika Hunnius

AUSZUG AUS:

Mein Elternhaus

Das ganze Haus duftete nach frischem Brot und Kuchen, Treppen und Vorhäuser waren mit weißem Sand und je nach der Jahreszeit mit gehacktem Tannengrün oder frischem Kalmus bestreut, und von meiner Mutter ging immer ein Strom starker Freude aus.

Ach, und Weihnachten! Schon die Adventszeit mit dem Adventsstern war voll seliger Ahnungen. Wir versammelten uns oft im Wohnzimmer um den Flügel meiner Mutter, von der Decke hing der bunte Stern herab, erfüllte den Raum mit seinem milden Licht, und wir sangen:

»Macht hoch die Tür, die Tor macht weit,
es kommt der Herr der Herrlichkeit.«

Und dann kam der Weihnachtstag: Mit geheimnisvollem Rauschen wurde der Weihnachtsbaum ins Wohnzimmer getragen. Wir wussten es nicht: Rauschten die Zweige so oder waren es Engelsflügel? Dann erfüllte der Tannenduft das ganze Haus; wir lagen auf dem Fußboden, um nur einen Schimmer durch die Ritze der Tür zu erspähen. Ach, und wie herrlich war es, wenn dann die Stunde schlug, die Tür sich weit auftat und alles voll Glanz und Freude war!

Die hohen Tannen atmen heiser
im Winterschnee, und bauschiger
schmiegt sich sein Glanz um alle Reiser.
Die weißen Wege werden leiser,
die trauten Stuben lauschiger.

Da singt die Uhr, die Kinder zittern:
Im grünen Ofen kracht ein Scheit
und stürzt in lichten Lohgewittern, -
- und draußen wächst im Flockenflittern
der weiße Tag zur Ewigkeit.

Rainer Maria Rilke

Hans Fallada

Auszug aus: Familienbräuche

Überall, wo Kinder sind, ist das Weihnachtsfest schön, ich finde natürlich, zu Haus bei uns war es am allerschönsten! Das Hauptverdienst daran trägt sicher der Vater, er hatte eine so liebenswürdig geheimnisvolle Art, unsere Erwartung zu steigern, uns ein bisschen zu foppen und zu necken.

In Berlin halten die Weihnachtsbäume zeitig ihren Einzug auf Straßen und Plätzen. Dann fangen wir Kinder an, Vater zu drängen, dass er auch einen Baum besorgt. Zuerst verschanzt sich Vater dahinter, dass das überhaupt nicht seine Sache sei, sondern die des Weihnachtsmanns. Natürlich kommt er damit bei uns nicht mehr durch, selbst Ede glaubt nicht mehr an diese Figur, seit beim letzten Fest Herrn Markuleits, unseres Portiers, Schuhe unter Vaters umgedrehtem Gehpelz erkannt wurden. Nein, Vater soll machen und einen Baum kaufen. Auf dem Winterfeldtplatz gab es die schönsten.

Schließlich versprach Vater, sich umzusehen, in diesen Tagen habe er aber noch nicht recht Zeit dafür. Doch wir ließen nicht nach mit Drängen. Schließlich ging Vater, und wir alle erwarteten seine Rückkehr mit Spannung. Natürlich kam er leer zurück. Das hatten wir auch nicht anders erwartet, denn Vater kaufte nie etwas sofort. Er erkundigte sich erst überall, wo er es am billigsten bekäme. Aber Vater kam auch recht niedergedrückt heim: Die Weihnachtsbäume waren in diesem Jahr unerschwinglich teuer! Er hatte uns doch recht verstanden, wir wollten wieder einen Baum vom Fußboden bis zur Decke? Nun also, so etwas hatte er sich schon gedacht, aber solche Bäume gab es nicht unter neun Mark, und mehr als fünf wolle er keinesfalls anlegen ... Wenn wir uns freilich mit einem auf den Tisch gestellten Bäumlein begnügen wollten?

Wir schrien Protest. Es gelang dem Vater immer wieder, unsere Leidenschaft und unseren Zweifel zu erregen, obwohl sich alljährlich das gleiche Spiel wiederholte. Wir wussten ja, dass Vater wirklich sehr sparsam war, es war ja möglich, dass Weihnachtsbäume in diesem Jahr besonders teuer waren!

Von nun an kam Vater fast alltäglich mit neuen Geschichten über Weihnachtsbäume heim. Und diese Geschichten klangen so echt, mit ihren drastischen Berolinismen, dass wir immer sicherer wurden, Vater war wirklich auf der Suche nach einem Tannenbaum, hatte aber noch keinen gefunden.

Er erzählte uns, wie er am Viktoria-Luise-Platz beinahe, beinahe einen herrlichen Baum gekauft hatte, als er im letzten Augenblick merkte, dass die meisten seiner Zweige nicht an ihm gewachsen, sondern in eingebohrte Löcher gesteckt waren. Vater berichtete von windschiefen Tannenbäumen und von solchen, die jetzt schon nadelten, und von krummen Bäumen. Am Bayrischen Platz hatte Vater einen Baum fast schon gekauft, er und der Händler waren nur noch um fünfundzwanzig Pfennige auseinander, da war ein Wagen vorgefahren, eine Damenstimme hatte gerufen: »Den Baum will ich!«, und fast aus Vaters Händen wurde der Baum zum Wagen getragen.

Vater tat sehr geheimnisvoll wegen der Käuferin. Er ließ es für möglich erscheinen, dass es vielleicht eine Prinzessin vom kaiserlichen Hof gewesen sei oder auch eine Hofdame, und er stellte uns vor, dass nun vielleicht des Kronprinzen Kinder mit »unserer Tanne« Weihnachten feierten!

Das versetzte unserer Fantasie einen Schwung, aber es verhalf uns immer noch nicht zu einer Tanne. Und das Fest zog näher und näher. Unser Drängen wurde heftiger. Aber nun wurde Vater plötzlich gleichmütig: Er habe diese ewige Lauferei nach Tannenbäumen satt, sie würden auch noch immer teurer. Nein, nun werde er bis zum 24. Dezember warten, wenige Stunden vor dem Heiligen Abend gingen die Händler immer mit ihren Preisen herunter, um den Rest loszuwerden. Freilich riskiere man, dass dann alles fort sei, aber er, Vater, nehme lieber ein solches Risiko in Kauf, als dass er Wucherpreise zahle.

Wenn Vater so redete, schielte ich immer nach den Fältchen um seine Augen. Sie waren im Allgemeinen sichere Anzeiger für Ernst oder Scherz. Aber Vater wusste selbst sehr gut, dass solche Anzeiger in seinem Gesicht saßen, beherrschte oder verbarg sie - kurz, er brachte uns alle in Unsicherheit. Wir suchten die ganze Wohnung ab, wir stiegen auf den Boden und in den Keller, wir fanden keine Tanne, wir verzweifelten.

(...)

Also war es ausgemacht und beschlossen, Vater würde den Baum erst wenige Stunden vor der Bescherung kaufen. Wir waren von Angst erfüllt. Mit Kummer sahen wir die Bestände an Weihnachtsbäumen dahinschwinden, wir flehten Vater an, aber Vater schien unerbittlich.

Dafür hatte er ein neues Spiel erfunden, er ließ uns unsere Geschenke raten. Jeder bekam ein Rätsel auf wie dieses: »Es ist rund und aus Holz. Aber es ist auch eckig und aus Metall.

Es ist neu und doch über tausend Jahre alt. Es ist leicht und doch schwer. Das bekommst du zu Weihnachten, Hans!«

Da konnte man lange raten! Mutter zwar schrie manchmal Weh und Ach. »Das ist zu leicht, Vater. Das muss er ja raten! Du nimmst ihm ja die Vorfreude!«

Aber Vater war seiner Sache sicher, und ich erinnere mich wirklich nicht eines einzigen Males, dass ich ein Geschenk erraten hätte.

Unter all diesen Vorbereitungen nahte das Fest. Am 24. Dezember stand Vater ungewohnt früh auf und zog sich mit Mutter ins Weihnachtszimmer, wie nun sein Arbeitszimmer hieß, zurück. Über Weihnachten ruhte alle Arbeit bei ihm. Da wollte er seine Familie ganz für sich haben. Für alle Fälle versuchten wir die Schlüssellöcher, trotzdem wir Vaters Vorsicht kannten: Er verhängte sie immer zuerst. Geheimnisvoll verdeckte Gegenstände wurden durch die Wohnung getragen. Alle lächelten, sogar die meist brummige Minna.

Der Vormittag ging für uns Kinder noch so einigermaßen hin. Meist waren wir mit unseren Geschenken für Eltern und Geschwister noch nicht fertig. Mit Eifer wurde laubgesägt, kerbgeschnitzt, spruchgebrannt, gehäkelt und gestickt (...).

Zum Mittagessen gab es immer Rindfleisch mit Brühkartoffeln. Mutter vertrat den Standpunkt, dass wir uns noch früh genug den Magen verderben würden und vorher nicht einfach genug essen könnten. Nach dem Essen aber stieg unsere Spannung so sehr, dass wir eine Pest wurden, aus lauter Kribbligkeit und Erwartung brachen ständig Streitigkeiten zwischen uns aus. Schließlich jagte uns Vater auf die Straße mit dem Machtwort, nicht vor sechs Uhr nach Haus zu kommen, eher fange die Bescherung doch nicht an.

Meist trennten wir vier Geschwister uns sofort, wenn wir auf die Straße kamen. Die Schwestern gingen für sich, und ich machte mich mit Ede auf, um die schon hundertmal besichtigten Schaufenster der Spielwarenläden noch einmal anzusehen. Da stellten wir dann fest, was mittlerweile aus den Schaufenstern genommen war, und machten Pläne für das, was wir uns zum nächsten Weihnachtsfest wünschen wollten. Aber die Zeit wurde uns sehr lang, es schien überhaupt nicht dunkel werden zu wollen, und sonst kam die Dämmerung immer so schnell!

Wir gingen und gingen, aber die Zeit verging nicht. Dann kamen wir auf das Spiel, auf den Granitplatten des Bürgersteigs so zu gehen, dass nie auf eine Ritze getreten wurde. Auch durfte man auf jeden Stein nur einmal treten. Gelang es, so bis zur nächsten Straßenecke zu kommen, so wurde ein Lieblingswunsch erfüllt. Dies war also unser Orakel, und es war gar nicht so leicht! Denn manche Steine waren für unsere Kinderbeine sehr breit, auch verlangten entgegenkommende Erwachsene, dass wir ihnen den Weg frei machten, und neben den Granitplatten lag Kleinpflaster – dann ade Lieblingswunsch!

Schließlich war es doch dämmrig geworden. Wir warteten so lange, bis in irgendeinem Fenster der erste Baum brannte, dann stürzten wir nach Haus mit dem Geschrei: »Die Weihnachtsbäume brennen schon überall! Warum geht's denn bei uns noch nicht los?!«

Meist waren die Schwestern kurz vor uns eingetroffen oder kamen gleich hinterher, und meist waren die Eltern dann auch so weit, und wir brauchten nicht länger am Spieß zu zappeln, wie Vater das nannte.

(...)

Für die letzte Viertelstunde scheuchte Vater auch noch Mutter aus dem Weihnachtszimmer. Er baute ihr noch rasch seine Geschenke auf, auch war es sein eifersüchtig verteidigtes Vorrecht, die Lichter am Baum zu entzünden. In fliegender Hast warf Mutter sich in Gala, wobei sie noch uns auf Sauberkeit und Ordnung prüfte.

Nun versammelten wir uns schon alle erwartungsvoll auf dem Flur, die Herzen schlugen schneller, die Hoffnungen wurden immer ausschweifender. Ich ertappe mich dabei, dass ich vor lauter Aufregung die Fäuste fest geballt habe und immerzu vor mich hinflüstere: »Au Backe! Au Backe! Au Backe!« Auch Edes Lippen bewegten sich stumm, ich weiß schon, er sagt sich noch einmal das Weihnachtsgedicht auf, das er gleich wird deklamieren müssen ... Nun, in diesem spannendsten Moment, werde ich von der Mutter in die Küche geschickt, um die alte Minna zur Eile anzutreiben. Christa ist längst hier ...

Minna ist noch beim Haarmachen. Ihr dunkles, spärliches Haar steht in lauter kurzen Mäuseschwänzchen steil vom Kopf ab. Jedes Schwänzchen wird sorgfältig mit Ochsenpfotenfett, einer Stangenpomade, eingerieben. Ich flehe Minna an, sich zu beeilen, obwohl ich aus Erfahrung weiß, dass jedes Hetzen bei Minna nur die Wirkung hat, sie noch zu verlangsamen, und kehre zu Mutter zurück, um ihr Bericht zu erstatten. Mutter entscheidet, dass wir auf Minna warten müssen. Aus dem Bescherungszimmer klingt eine raue Stimme: »Seid ihr auch alle artig?«

Wir brüllen begeistert: »Ja!«

Die Stimme fragt weiter: »Habt ihr euch auch alle die Zähne geputzt?«

Wir brüllen ebenso begeistert: »Nein!«

Und die Stimme fragt zum dritten Mal: »Seid ihr denn auch alle fertig?«

Wir brüllen eiligst wieder ein »Ja!«, aber Mutter fügt hastig hinzu: »Wir müssen noch auf Minna warten!«

»Na, denn wartet man!«, ruft die Stimme, und hinter der Tür wird es wieder still.

Aber der Geruch von brennenden Kerzen und Tannennadeln hat sich doch auf dem Flur verbreitet. Unsere Aufregung kann nun nicht mehr höher steigen. Ich tanze auf einem Bein wie ein Irrwisch umher, Ede sieht bleich vor Aufregung aus. Plötzlich geht er, fast finster vor Entschlossenheit, auf Christa zu, nimmt ihre Hand und küsst sie!

Christa wird puterrot und reißt ihm ihre Hand fort. Wir anderen brechen in ein verblüfftes Lachen aus.

»Warum hast du das denn bloß gemacht, Ede?«, ruft Mutter verwundert.

»Nur so!«, antwortet er ohne alle Verlegenheit. »Irgendetwas muss man doch tun, und mir war grade so! Man wird ja verrückt vor lauter Warten!«

Nach diesen abgerissen hervorgestoßenen Sätzchen stellt er sich neben mich und haut mich mit der geballten Faust auf den Bizeps. Alle Vorbedingungen für die schönste Keilerei sind gegeben, aber ...

Aber da erscheint endlich Minna! Ich finde, ihr glatt an den Schädel geschmiertes Haar sieht nicht anders aus als sonst, darum hätte sie uns wirklich nicht so lange warten lassen müssen!

Mutter ruft: »Vater, wir sind so weit!«, und fast augenblicklich ertönt das silberne Bimmeln eines kleinen Glöckchens. Sofort nehmen wir Aufstellung, und zwar ist nach dem Alter anzutreten, was auch genau der Größe entspricht. Wir stehen hintereinander wie die Orgelpfeifen, nur die zu kurz geratene Minna zwischen Christa und der Mutter stört ...

Die Tür zum Bescherungszimmer fliegt auf, eine strahlende Helligkeit begrüßt uns. Geführt von Ede rücken wir im Gänsemarsch ein. Vater, am Flügel sitzend, sieht uns mit einem glücklichen Lächeln entgegen.

Nach geheiligtem Gesetz dürfen wir weder rechts noch links schauen, wir haben schnurstracks auf den Baum loszumarschieren und vor ihm Aufstellung zu nehmen, nach dem Satz: Erst kommt die Pflicht, dann das Vergnügen. Die Pflichterfüllung aber besteht darin, dass Vater nach einem kurzen Vorspiel das Lied »Stille Nacht, heilige Nacht« spielt, nun setzen wir ein, und es wird gesungen. Das heißt, wir sind natürlich nicht wir, ich brumme nur so mit, und auch das gebe ich gleich wieder auf: Die klettern ja auf alle Gipfel!

Unterdes mustere ich den Baum. Jawohl, es ist doch wieder ein Weihnachtsbaum geworden, wie er sein soll, vom Fußboden bis zur Decke. Vater hat uns also doch wieder reingelegt, denn diesen Baum hat er bestimmt nicht erst in der letzten Stunde gekauft! Wo er ihn nur so lange versteckt haben mag?! Im nächsten Jahr falle ich aber bestimmt nicht wieder darauf rein!

Der Baum trägt all den bunten Schmuck, den wir seit unseren frühesten Kindertagen kennen, Gold und Silber, bunte Papierketten, allerlei geometrische Figuren in Rhombengestalt, Vielecke, bei denen jede Seite anders bunt ist, Erzeugnisse unserer Pappklebereien an langen Winterabenden. Dazu uralter wächserner Schmuck noch aus Vaters Elternhaus, zart bemalte Engelchen und vor allem ein Kanarienvogel in grünem Ring, den Mutter jedes Jahr von Neuem verbannt wissen will, denn es fehlt ihm die ganze Hinterfront. Aber Vater besteht mit uns Kindern auf seiner Anwesenheit, er gehört zu unseren Weihnachten. Dazu aber trägt der Baum in Fülle bunte Zuckerringe und Brezeln, schwarze Schokoladenfiguren, vergoldete Nüsse. Siehe da, nichts ist vergessen, auch die traditionellen Knall-

bonbons entdecke ich, mit denen wir bei der Baumplünderung Silvesterabend das neue Jahr einschießen werden!

(...)

Wenn wir dann fertig beschert und ausgepackt hatten, ging es zum Essen. Wir Kinder freilich folgten an diesem Abend nur ungern dem Ruf zu Tisch, wir hätten viel lieber weiter mit unseren Spielsachen gespielt und unseren Hunger von den bunten Tellern gestillt.

Aber das wurde natürlich nicht geduldet. In weiser Voraussicht gab es am Heiligen Abend stets Heringssalat, Mutter meinte, vor so viel Süßigkeiten sei etwas Saures das Beste! Schließlich aßen wir doch alle mit gesundem Appetit von den vielen schönen Sachen, und die Begeisterung schlug hohe Wellen. Immerzu wurde davon gesprochen, was jeder von seinen Geschenken besonders mochte, ein Kind ließ kaum das andere zu Wort kommen, jedes wollte den Eltern etwas von seiner Freude erzählen.

Aber vor allem wurde Vater gefragt, was denn nun seine Rätsel zu bedeuten hätten, ich hatte die Lösung des meinen auf dem Tisch nicht finden können und bildete mir nun ein, Vater habe noch ein besonderes Geschenk in der Hinterhand.

»Das ist doch so leicht, Hans«, sagte Vater. »Deine Zinnsoldaten sind eckig, aber die Schachtel um sie ist rund. Sie ist auch leicht und die Soldaten sind schwer. Römische Legionäre hat es vor tausend Jahren gegeben und doch besitzt du sie heute. Na, das zu raten war doch wirklich kein Kunststück, Hans!«

Und das fand ich nun auch.

Dann kam noch der lange Abend, an dem wir bis zehn aufbleiben durften. Während wir uns mit unseren Sachen abgaben – Itzenplitz las natürlich schon, als müsse sie ihre sämtlichen Bücher noch an diesem Weihnachtsabend durchrasen –, saß Vater am Flügel und spielte einiges von den neuen Noten durch, die Mutter ihm geschenkt hatte. Mutter aber erschien nur zu kurzen Besuchen im Bescherungszimmer, denn in der Küche wurde noch gewaltig gearbeitet. Die weihnachtliche Gans für den nächsten Tag wurde vorbereitet und überhaupt so viel wie möglich vorgekocht, denn die Mädchen sollten es in den beiden nächsten Tagen auch leichter haben.

Dann ging es ins Bett. Bücher mitzunehmen, war verboten, aber irgendein besonders geliebtes Spielzeug durfte sich jedes auf den Stuhl vor seinem Bett stellen. Und dann das Erwachen am nächsten Morgen! Dieses Gefühl, aufzuwachen und zu wissen: Heute ist wirklich Weihnachten. Wovon wir seit einem Vierteljahr geredet, auf was wir so lange schon gehofft hatten, nun war es wirklich da!

Noch im Hemd schlich man in die Weihnachtsstube, aber so früh man auch kam, meistens war schon ein anderes da. Da saß man denn, fror ein bisschen (denn es war noch nicht geheizt) und betrachtete mit ruhigem Besitzerstolz die neuen Schätze.

Lily Braun

Der Weihnachtstraum

Weihnachten 1897 war es. Zum ersten Mal putzte ich für mein Kind den Weihnachtsbaum. Erstaunt riss es die Augen auf und streckte die Händchen verlangend aus, als es die vielen bunten Lichter sah! Unter der Tanne lag allerlei Spielzeug für ihn, darunter ein großer, bunter Hampelmann, den mein Vater geschickt hatte. Mit dem Söhnchen auf dem Arm trat ich zu meinem Weihnachtstisch, auf dem ein geheimnisvoll versiegelter Brief lag. Ich öffnete ihn, während mein Junge fröhlich lallend den Hampelmann hin- und herschwenkte: »Ein Häuschen im Grunewald« stand darin. Vor Überraschung war ich sprachlos. Heinrich umarmte mich und das Kind, glückselig über die Freude, die er bereitet hatte. In aller Stille hatte er mit Hall verhandelt und ihn rasch bereitgefunden, unseren Wunsch durch die Beschaffung von Baugeld und Hypotheken erfüllen zu helfen. »Wie wird unser Kind gedeihen, wie ruhig und friedlich wird meine Alix dort arbeiten können!«, sagte er.

»Werden wir auch die Zinsen aufbringen können?«, meinte ich schließlich, nachdem der erste Sturm der Freude sich gelegt hatte. Ein Schatten flog über seine Züge: »Musst du dich immer gleich wieder fürchten – auch angesichts solch eines Glücksfalles?!« Beschämt senkte ich den Kopf. Die Lichter waren längst erloschen, und die Kinder schliefen, unser Liebling mit dem Hampelmann fest an sich gedrückt; der süße Duft der Wachskerzen, vereint mit dem starken der Tanne, erfüllte das Zimmer; wir großen Kinder träumten darin unseren Weihnachtstraum: von dem stillen Häuschen im Wald, fern dem Lärm der Großstadt, von einer Heimat, die wir beide nie gekannt hatten, von unserem Kind, das wachsen sollte wie die Bäume: die Wurzeln im Boden der Mutter Erde, das Haupt erhoben, der Sonne zu und dem Sturm trotzend.

Am nächsten Morgen, einem echten Weihnachtsfeiertag, über den der Himmel all seinen Glanz und seine Farben goss, zog ich meinem blonden Buben ein weißes Mäntelchen an, packte ihn sorgfältig in die weichen Kissen seines weißen Wagens und schickte ihn zu den Eltern. Meine Gedanken begleiteten ihn: Wie ein helles Licht sah ich ihn auftauchen in dem dunklen Flur, sah, wie der Großvater ihn feuchten Auges in die Arme nahm, fühlte, wie der letzte eiserne Reifen um des alten Mannes Herz zersprang.

»Das war ein lieber Gedanke von dir«, schrieb die Mutter. »Ich habe deinen Vater seit Jahren nicht so froh gesehen. Er strahlt noch jetzt und behauptet, es gäbe in der ganzen Welt kein zweites Kind wie seinen Enkel. (...)«

Auszug aus: Memoiren einer Sozialistin

Eisnacht

Wie in Seide ein Königskind
schläft die Erde in lauter Schnee,
blauer Mondscheinzauber spinnt
schimmernd über der See.

Aus den Wassern der Raureif steigt,
Büsche und Bäume atmen kaum:
Durch die Nacht, die erschauernd schweigt,
schreitet ein glitzernder Traum.

Clara Müller-Jahnke

Guido Hammer

Weihnachten im Wald Eine Jugenderinnerung

Langer, trockener Dezemberfrost, den der dabei eisig stürmende Nord umso empfindlicher werden ließ, war vorhergegangen, bis endlich milderes Wetter folgte, welches sich bald zu ausdauerndem Schneefall anließ, sodass mit dem Hereinbrechen des Weihnachtstages der weite Wald in wunderbarer Pracht seines neuen Schmuckes prangte, besonders da sich vorher, etwa gegen Mitternacht, der Himmel völlig geklärt hatte und so die unverhüllt aufgehende Sonne die Heide mit wundersamem Farbenschmelz übergoss. Purpurn angehaucht leuchteten da zuerst die schneebedeckten Fichten- und Tannenwipfel in rosigem Licht, während weiter herab die frisch gefallene Last auf dem niedergedrückten Gezweig der sonst ungebeugt gen Himmel starrenden Baumwelt noch im Halbschatten lag, tiefer aber, unter dem beschneiten Nadeldach, herrschte noch grauendes Dämmern, dass trotz der überall ausgebreiteten lichten Decke das spähende Auge doch nur auf wenige Schritte in das verschwimmende Düster des Waldes eindringen konnte. Aber bald huschte das vergoldende Licht an den hohen Waldwänden und einzelnen Bäumen hernieder, bis es den Boden erreichte und nun in flirrenden Punkten und langen Streifen eindrang in die Tiefen der geschlossenen Holzbestände, darinnen gleichsam vom Boden aus wieder an den Stämmen hinanklimmend, dabei sich halb verlierend, um gleich darauf wieder von Neuem hell aufzuglänzen – fortwährend wechselnd, in nimmer rastender zauberischer Beweglichkeit. Wo aber der Lichtstrom ungehindert über weite Flächen hinflutete und deren gleichförmig darüber ausgebreiteten Teppich in seiner makellosen Reinheit grell beleuchtete, da wurde das Auge umso mehr geblendet, als es hier mit angestrengter Sehkraft etwaiges Gefährt zu erspähen trachtete und solches wohl auch hier und da von den nach Aufhören des Schneefalles noch umhergezogenen Wildgattungen gewahrte. Sonst aber, so weit die Blicke reichten, kein Tritt eines menschlichen Fußes als der, welchen ich, der einsame Waldläufer, lautlos in das sonst noch so unberührte Edelweiß gefurcht. Aber vorwärts trieb es mich mit unwiderstehlicher Gewalt auf der pfadlosen Wanderung, hingerissen von immer neu auftauchenden Reizen, welche die mit fantastischen Formen umkleideten Bäume, Sträucher, Ranken und Gräser, wie der bestrickende Zauber von Farbenfrische in Wald und Luft mit jedem weiteren Schritt dem Auge boten.

Wie nun schon diese Herrlichkeit das Herz mit tiefster Wonne erfüllte, so steigerte sich der Hochgenuss für mich noch bedeutend durch das Erscheinen der lebendigen Tierwelt, welche bald die stille Einsamkeit belebte.

Zuerst waren es der Krähen zahlreiche Züge, welche aus ihren Horst- und Schlafstätten kommend den weiten Wald überflogen, um Feld und Dorf und Stadt heimzusuchen, dort unter dem tiefen Schnee ihr kärgliches Mahl zu finden. Schweren Fluges und tristen Gekrächzes durchstrichen die geflügelten schwarzen Gesellen die eisige Luft in langgedehnter Reihenfolge (...) und regten durch den Kontrast ihrer Erscheinung zur sonnig verklärten, schneeprächtigen Natur das Menschengemüt unwillkürlich zu ernster Stimmung an. Umso mehr aber wurde danach das Herz erquickt, als die fröhlich zwitschernden und lustig pinkenden Stimmchen der Goldhähnchen und Meisen durch den sonst so tief schweigenden Wald an das Ohr schlugen; begierig suchte mein Auge nach den rastlosen, niedlichen Urhebern, welche in den schneebehangenen Zweigen schwirrend hin und her huschten und bald hier, bald da, oben und unten in das Geäst sich einhängten, um Insekteneierchen und Larven zu suchen. Flogen die Leichtbeschwingten wieder davon, dann schnellten die kleinen Zweige den Schnee federgleich empor, andere Schneelagen wehten mit herab, und im Nu war die Luft mit Tausenden sonnendurchschienenen Kristallen erfüllt und ein entzückendes Glitzern und Flimmern durchglänzte das Dunkel des Waldes.

So setzte ich meine Wanderung fort, bisweilen Wege überschreitend, die etwa zu einem Heidedorf führten, oder den plumpen Fußspuren der Waldarbeiter begegnend, die in den Holzschlägen noch vollauf Arbeit fanden und deren eintönige Axtschläge den Forst durchhallten. Bald kam ich auch an einer solchen Blöße vorbei, wo die wackeren Leute schon fleißig ihrer schweren Arbeit oblagen, während hinter der haushohen Wurzelwand einer vom Sturm niedergeworfenen Riesenfichte ihr hell flackerndes Feuerchen brannte, dem die knisternden Funken lustig entstiegen, indes der blaue Rauch die umliegenden, mächtigen Waldwände in hoher, duftiger Säule überstieg. Von hier aus führte mich mein Weg hinab in ein erlenbestandenes Tal, wo das wilde, über die Kiesel seines Bettes noch ungefesselt rauschende Wasser in schäumender Flut die schneeigen und an ihren Säumen beeisten Ufer netzte. Später betrat ich wieder die Heerstraße; aus den einsam zur Seite gelegenen Heidedörfern klang der anheimelnde Dreiklang der Dreschflegel; aber weit ab von ihnen, tief im Forst einer meilenweit eingehegten Wildbahn, lag mein Ziel: eine jeglicher menschlichen Wohnung fernstehende Försterei.

Hier endlich angekommen, wurde ich aufs Herzlichste willkommen geheißen, und die Kinder, mit denen das Haus vollauf gesegnet war, umsprangen mich fröhlichen Mutes; war ja doch heute das liebe Weihnachtsfest, und die Kleinen, Knaben wie Mädchen, die mir herzlich zugetan waren,

ahnten wohl, dass ihr Gast an einem solchen Tag nicht leer gekommen sein würde. So verbrachte ich denn den Nachmittag im traulichen, echt waidmännisch geschmückten Stübchen der Försterwohnung, hier und da helfende Hand mit anlegend, wo der Förster für seine Buben noch für den Abend zu schnitzen oder zu leimen hatte. So war der Abend bald herbeigekommen, und nun ließen sich die gütigen Förstersleute nicht länger bitten, und es wurde die harzduftige, frischglänzende Tanne, bereits geschmückt mit buntem Flitter und vergoldeten und silberbetupften, rotwangigen Äpfeln und klappernden Nüssen, hereingebracht. Darunter aber wurden auf schneeweißem Tischtuch die Geschenke für die im Nebenstübchen jubelnden Wildfänge ausgebreitet, dann noch hurtig die Lichter des Baumes entzündet, worauf der Signalruf auf des Vaters Flügelhorn ertönte, der die jauchzenden, sich drängenden Geschwister im Nu zur Tür hereintosen ließ.

Da gab's denn ein Freuen und Seligsein der staunenden Kleinen. Hier wurde der niedliche, so naturgetreue Wildschuppen mit seinen daneben aufgestellten Tieren bewundert, dort die kleinen Flinten und Jagdtaschen gemustert; von den Mädchen aber mit gleicher Wonne die Puppen, Wägelchen, Kochgeschirre etc. ins Auge gefasst. Aber auch Höschen und Schürzchen, Strümpfe und Schuhe fanden vollsten Beifall, der sich natürlich auch ganz besonders auf die rosinenreichen Stollen und das andere Naschwerk erstreckte.

Draußen aber war der Mond aufgegangen und beleuchtete die Winterlandschaft mit erst noch bleichem Schein, der von dem lichtglänzenden Stübchen aus fast gespenstig erschien, bis er in hell strahlender Pracht den grabesstillen Wald überstrahlte. Da rief plötzlich das älteste Mädchen freudig: »Die Hirsche, die Hirsche kommen!« Und schnell das Schürzchen voll Äpfel nehmend, öffnete es das Fenster, sie ihren Lieblingen zum Leckerbissen auf die äußere Brüstung desselben und die darunter stehende Gartenbank zu legen. Mich aber hatte der Ruf nicht wenig erregt, neugierig spähte ich hinaus, und wirklich erblickte auch ich nun die Verkündeten: zwei geweihte stattliche Edelhirsche nebst einem dergleichen Spießer, die von Weitem vertraulich an die Försterei herangezogen kamen, beim Fensteröffnen aber doch verschüchtert ein paar Schritte zurückwichen. Doch nicht lange dauerte es, so kamen sie wieder näher, aber dabei immer erst wieder einmal haltmachend und sichernd, was jedoch, wie mir der Förster versicherte, von ihnen heute nur ausnahmsweise in so zögernder Art geschah, wahrscheinlich weil sie den ungewohnten Lichtglanz des Weihnachtsbaumes scheuten. Endlich, nach ziemlich langem Besinnen, kamen die Forschenden plötzlich trollend heran, und begehrlich, wenn auch immerhin vorsichtig genug, langte der eine von den Hirschen, der, welcher nur sechs Enden auf dem Schädel trug, sofort zu, die schmackhaften Christäpfel sich trefflich munden lassend. Der Spießer hingegen wie der stolze Zwölfender (denn ein solcher war der dritte Mitgekommene) zögerten misstrauisch noch lange, ehe sie sich entschlossen, die verlockenden Früchte zu berühren. Ich aber schlich mich nun auf des Försters Rat zum Hinterpförtchen hinaus, den seltenen Anblick mit allen seinen Reizen unmittelbar im Freien zu genießen, was mir auch, da ich natürlich gegen den Wind mich stellte, die Hirsche aber überhaupt den Verkehr am Haus gewöhnt waren, im vollsten Maß gelang.

So stand ich denn draußen in monderhellter Waldespracht, vor mir das malerische, fichtenumschlossene Jägerhaus mit den alten Linden, hinter deren einem Stamm hervor der Spießer neugierig nach dem lichtschimmernden, kleinen Fensterchen der trauten Waidmannswohnung, welche so herzige Kinderlust in sich barg, äugte. Die beiden starken Hirsche aber, die sich seit Langem schon gewöhnt hatten, allabendlich von der nahen Wildfütterung herüber an die Wohnstätte ihres freundlichen Hüters zu kommen, wo ihnen durch dessen Kinder jedes Mal noch ein Mundvoll

Körner, Kastanien, Möhren oder Obst geboten wurde, ließen sich auch heute statt der gewöhnlichen Holzäpfel die süßere Christkost der kleinen Geber wohlschmecken, dabei aber mit nicht weniger Verwunderung als ihr jugendlicher Kumpan die außergewöhnliche Helle im heimischen Raum betrachtend.

Mir aber wurde durch diese Szene eine seltene und unübertroffene Weihnachtsfreude bereitet, und nicht sattschauen konnte ich mich an dem so eigentümlich fesselnden, herrlichen Bild. Schier zauberhaft waren die hochgeweihten Häupter der Hirsche von dem goldenen Glanz der Weihnachtslichter angestrahlt, dass die prunkenden Enden ihrer Kopfzier bei jeder Bewegung hell aufblitzten, während die dem Lichtstrom sonst abgewandten Gestalten bläulich glänzende Mondhelle umspielte. Dazu die Stille der geisterhaft durchhellten Waldesnacht, die nur zuweilen durch das laute Aufjubeln der Kinder drinnen im schmucken Stübchen unterbrochen wurde, während der mondbestrahlte Quell den ausgehöhlten Baumstamm im Gehöft des Försters unter leisem Plätschern geschäftig füllte. (...)

Leise rieselt der Schnee,
still und starr liegt der See,
weihnachtlich glänzet der Wald:
Freue dich, Christkind kommt bald.

In den Herzen ist's warm,
still schweigt Kummer und Harm,
Sorge des Lebens verhallt:
Freue dich, Christkind kommt bald.

Bald ist Heilige Nacht;
Chor der Engel erwacht;
hört nur, wie lieblich es schallt:
Freue dich, Christkind kommt bald.

Eduard Ebel

Luise Büchner

Die Geschichte vom Weihnachtsmarkt

Am Tag vor Weihnachten war das Wetter hell und klar, und der Schnee war festgefroren. Da sagte die Tante zu den Kindern: »Heute führe ich euch auf den Weihnachtsmarkt, lasst euch nur schnell die Mäntelchen anziehen und die Hütchen aufsetzen!«

Das brauchte sie nicht zweimal zu sagen; in einem Augenblick waren die Kinder fertig, und nun ging es hinaus in den frischen, klaren Morgen. Man dachte aber gar nicht an die Kälte, denn in den Straßen war ein so geschäftiges Hin- und Herrennen, ein so hastiges Treiben, als ob der schönste Frühlingstag angebrochen wäre. Und fast ein Frühlingsanblick war es auch, als die Tante nun mit den Kindern in die Straße einbog, welche zum Markt führt. Sie hielt Georg und Mathildchen an beiden Händen, und so gingen sie durch zwei lange, dichte Reihen von Fichten- und Tannenbäumen aller Art, groß und klein, hell- und dunkelgrün, die sich prächtig ausnahmen auf dem weißen funkelnden Schnee. Um die Bäume herum war ein Drängen und Schieben der Menschen, dass man kaum vorbeikonnte, und überall begegnete man Leuten, die ihre Bäume nach Hause trugen.

»Aber, Tante«, sagte Mathildchen, »ich dachte, das Christkindchen bringt alles, und nun holen sich doch da die Menschen ihre Christbäume selbst nach Hause.«

»Das ist wahr«, sagte die Tante, »aber du vergisst, dass sie das Christkind alle hierhergeschickt, und unsichtbar geht es jetzt mit dem Nikolaus umher und sieht und hört alles, was hier vorgeht. Es gibt jetzt so sehr viele Menschen auf der Welt, dass die beiden mit dem besten Willen nicht mehr alle Geschäfte allein fertigbringen können, und da müssen sie sich schon von den großen Leuten ein wenig helfen lassen. Verstehst du das?«

»Ja, Tante, ganz gut«, antwortete Mathildchen, und befriedigt gingen sie weiter zu dem Markt, wo eine Bude neben der anderen stand, angefüllt mit begehrenswerten Herrlichkeiten. Auch da ging es munter zu, und namentlich vor den Puppenläden standen ganze Reihen von Kindern, die zusahen, wie die Puppen sich an langen Fäden hin und her schaukelten.

Georg und Mathildchen sperrten Mund und Nase auf, die Tante aber ging bald da, bald dort an eine Bude, sprach leise einige Worte und ließ dann geheimnisvoll etwas in ihre große Markttasche gleiten.

»Tante, kaufe mir auch etwas«, bat Mathildchen, »die Puppe mit dem rosa Kleid möchte ich gerne haben, die gefällt mir!«

»Mir auch kaufen, eine Peitsche!«, rief Georg.

»Ihr seid klug«, sagte die Tante, »ihr wollt also schon heute und morgen noch einmal beschert haben?«

»Ja, Tante, recht gern!«, rief das kleine, mutwillige Volk und – was wollte die gute Tante machen? Sie kaufte die Puppe und die Peitsche, und als sie Erstere gerade dem Mathildchen hinreichen und in die ausgestreckte Hand geben wollte, hörte sie hinter sich sagen: »Ach, wenn doch die schöne Puppe mein wäre!«

Sie sahen sich alle um, da stand ein Häuflein Kinder beieinander, vier oder fünf, die waren ganz blau und rot gefroren, denn sie hatten nur schlechte, dünne Kleider an, und der Wind zerzauste ihre gelben unbedeckten Haare. Das Kind, welches gesprochen, war ein wenig kleiner als Mathildchen und streckte immer noch die Hand nach der Puppe aus, obgleich die Größeren es am Rock zupften und ihm wehrten. Ach, es hätte doch gar zu gern auch einmal in seinem Leben eine schöne neue Puppe gehabt, aber es waren arme Kinder, für die niemand den Christbaum schmückte und die sich mit dem bloßen Ansehen und Wünschen begnügen mussten.

»Möchtest du die Puppe haben?«, sagte die Tante freundlich zu dem kleinen Mädchen, und Mathildchen zog sie am Kleid und flüsterte: »Liebste Tante, kaufe dem Kind doch auch eine!«

Die Tante aber schüttelte den Kopf, und da das kleine Mädchen nicht antwortete, sondern verschämt wegsah, fragte sie den größten Knaben, ob sie Geschwister seien, wie sie hießen und wo sie wohnten. Er gab auf alles ordentlich Antwort, die Tante schrieb es in ihr Notizbuch, dann nickte sie den Kindern freundlich zu und ging weiter.

»Aber Tante –«, sagte Mathildchen ganz erstaunt.

»Komm nur schnell«, lautete die Antwort, »es ist viel zu kalt, um lange stillzustehen, und wir haben noch eine Menge Geschäfte. Nicht wahr, Mathildchen, die Puppe mit dem rosa Kleid gibst du gern dem kleinen Mädchen, und Georg überlässt seine Peitsche dem dicken Jungen mit der Schmutznase, der gerade so groß ist wie er?«

»Ja, Tante, sehr gern!«, riefen die Kinder, »aber sie sind ja nicht mehr da, wir haben sie im Gedränge verloren!«

»Nur Geduld, sie werden sich schon wiederfinden. Da hat uns das unsichtbare Christkind einen Teil seiner Arbeit übertragen, und wir müssen uns eilen, dass wir unsere Sache gut machen. Ihr werdet schon sehen, wie das ist.«

Nun kaufte die Tante noch allerlei hübsche Spielsachen ein, auch einige warme Kleidungsstücke, dann verschiedenes Gebackene, Glaskugeln, Wachskerzchen und zuletzt ein kleines Bäumchen, das Mathildchen zu ihrer höchsten Freude eigenhändig nach Hause tragen durfte. Das kleine Volk verging fast vor Neugierde, was es mit all den Dingen geben sollte, die Tante sagte aber nur: »Wartet bis heute Abend!«

Der Abend kam und mit ihm die trauliche Erzählerstunde. Die Kinder saßen eng an die Tante gedrückt, und Georg seufzte so recht aus Herzensgrund: »Ach, jetzt brauchen wir nur noch einmal zu schlafen« – »und dann ist das liebe Christkindchen da!«, fuhr Mathildchen fort und klatschte dabei jubelnd in die Hände. »Aber Tante, was erzählst du uns denn heute?«

»Heute erzähle ich euch eine Geschichte vom Weihnachtsmarkt, die ist noch viel schöner, als die unsrige werden wird; hört mir recht aufmerksam zu:

Vor vielen, vielen Jahren, als ihr noch lange nicht auf der Welt wart, ist der Weihnachtsmarkt schon ebenso schön gewesen wie heute, und alle Kinder der Stadt, die armen wie die reichen, gingen hin, die Herrlichkeiten zu betrachten. Das Christkind hatte schon damals die Gewohnheit, sich unbemerkt unter die Menge zu mischen; über sein weißes Kleid hatte es einen langen, dunklen Mantel gezogen, und sein Blondköpfchen hielt es unter einer Kapuze versteckt. Niemand konnte es erkennen, und so hörte es, was die Leute miteinander redeten und was sie sich wünschten. Vornehmlich aber merkte es auf die Kinder, ob sie sich bescheiden oder habgierig und unartig auf dem Weihnachtsmarkt benahmen. Gegen Abend kam es an eine Bude, in welcher die schönsten Kinderspielsachen des ganzen Marktes zu finden waren; und sie war ganz umdrängt von Kindern, die voll Sehnsucht und Bewunderung die wundervollen Puppen, die Kochherde, die zierlichen Porzellangeschirre, die Puppenmöbel sowie die bunt aufgezäumten Pferdchen, die Flinten, Trommeln und Trompeten betrachteten. Eines machte das andere auf immer neue Wunder aufmerksam, und Christkind freute sich an ihrer Freude und lachte fröhlich mit ihnen. Auf einmal sah es ganz am Ende der Bude ein kleines Mädchen von etwa zehn Jahren stehen, das einen schweren, zappelnden Buben auf dem Arm hielt, der fortwährend in die Höhe reichte, sodass die Kleine große Mühe hatte, ihn festzuhalten.

Sie musste sehr arm sein, denn sie hatte ein ganz dünnes Röckchen an, und ihre Arme waren halb entblößt, aber das Haar war ordentlich gekämmt und in zwei feste Zöpfe geflochten, unter denen ein Paar dunkelblaue Augen gar gutmütig und freundlich hervorschauten. Sie lächelte bald dem

Brüderchen zu, bald betrachtete sie die schönen Dinge mit einer Freude, dass man sich selber darüber freuen musste. Christkindchen ging zu dem Mädchen, legte ihm leise die Hand auf die Schulter und sagte mit seiner süßen Stimme: ›Liebes Kind, die Sachen da gefallen dir wohl sehr gut, wähle dir etwas davon aus, was du am liebsten haben möchtest, ich will es dir zum Weihnachtsgeschenk geben.‹

Das Kind wurde dunkelrot vor Freude, seine Augen leuchteten und sein Blick durchlief die bunte Reihe, die vor ihm prangte. Da reichte das Brüderchen wieder jauchzend mit dem Händchen empor. Das Mädchen drückte das Kind an sich, folgte seinem verlangenden Blick und sagte dann schüchtern, indem es die Augen niederschlug: ›Wenn Sie mir wirklich eine Freude machen wollen, so geben Sie meinem Brüderchen die goldglänzende Trompete, die da oben hängt, es möchte sie gar zu gern haben.‹

Dem guten Christkind kamen die Tränen in die Augen, als es das hörte. Das war ein Kind nach seinem Sinn. Es gönnte dem Brüderchen lieber eine Freude als sich selbst. Schnell nahm Christkind die Trompete herunter, reichte sie dem Brüderchen hin, das hellauf lachte, und ging weiter.«

»Da hätte doch das Christkind dem guten Mädchen auch etwas geben können!«, rief Mathildchen eifrig.

»Sei nur ruhig und höre weiter zu: Christkind machte es noch viel besser. Da es alle Menschen kennt, so wusste es, dass das brave Schwesterchen, welches seinen Bruder so lieb hatte, Mariechen hieß, dass seine Eltern sehr arm waren und dass sie ganz am Ende der Stadt in einem alten, kleinen Häuschen wohnten.

Am nächsten Abend war Weihnacht. Schon flammten überall die Christbäume, es jauchzten und lärmten die Kinder, in dem kleinen Häuschen aber war es dunkel und still.

›Wir sind zu arm, wir können das Christkind nicht bestellen‹, sagte die Mutter zu ihren fünf Kindern, als sie beieinandersaßen und eines derselben fragte, ob denn das Christkind nicht auch zu ihnen käme. Dabei weinte sie, und die Kinder taten es auch. Nur der kleine Bruder war vergnügt, der schmetterte laut auf seiner Trompete, und das gute Mariechen, welches das älteste der Geschwister war, weinte auch nicht und sagte: ›Ach, wir sind doch vergnügt, wir haben einander ja so lieb.‹

Auf einmal aber wurde es lebendig vor dem kleinen Haus; es klingelte so sonderbar und leise durch die dunkle Nacht, und da kam ja wahrhaftig ein Eselein einhergetrabt, neben dem ging ein dunkler Mann mit einem langen weißen Bart, und auf dem Esel saß ein wunderschöner Engel mit weißen glänzenden Flügeln und einem lichtblauen Gewand, das war wie der Winterhimmel mit flimmernden Sternen ganz übersät. Das konnte ja wohl niemand anderes sein als unser liebes Christkind mit seinem getreuen Knecht Nikolaus. Der band das Eselchen an der Tür fest, Christkind stieg ab, machte leise die Tür auf, und Nikolaus trug die schweren Tragkörbe, die er dem Esel abgenommen, in das Haus hinein.

In der Küche stellten sie alles nieder, dann schellte Christkind laut und lange, dass sie drinnen in der Stube alle in die Höhe fuhren und zur Tür liefen, um zu sehen, was das bedeute. Dass es so kommen würde, hatte sich der Nikolaus schon gedacht; er stand darum vor der Stubentür und rief, als sie aufging, mit seiner Bärenstimme hinein: ›Es soll niemand herauskommen als das Mariechen!‹

Da flohen alle voll Furcht wieder zurück, und nur Mariechen kam unerschrocken heraus und sagte: ›Da bin ich, was soll ich tun?‹

›Komm in die Küche!‹, brummte der Nikolaus jetzt etwas sanfter, und als sie hineinkam, da war diese ganz erfüllt von dem wunderbarsten Glanz, und Mariechen sah das Christkind leibhaftig vor sich stehen. Nun erschrak es so sehr, dass es fast umgefallen wäre. Christkind aber fasste es in die Arme, küsste es auf die Stirn und sagte: ›Kennst du mich noch?‹ - und als Mariechen erstaunt mit dem Kopf schüttelte, fuhr es fort: ›Aber ich kenne dich, so wie ich alle guten und braven Kinder kenne. Ich war die Frau, die dir gestern auf dem Weihnachtsmarkt die Trompete für den Bruder gab, weil du ihm lieber eine Freude gönntest als dir selbst, und darum komme ich, um heute auch dir ein Vergnügen zu bereiten. Weil du so gerne gibst, sollst du jetzt deinen lieben Geschwistern und deiner Mutter an meiner Stelle bescheren. Ist dir das recht?‹

Das gute Mariechen schluchzte laut vor Freude: ›Oh, Christkind‹, rief es, ›so viel verdiene ich ja gar nicht.‹

›Weine jetzt nicht, Mariechen, sondern eile dich, wir müssen wieder fort‹, sagte Christkind, ›gehe hinein in die Stube und schicke sie alle in die Kammer, damit wir anfangen können.‹

Mariechen wusste nicht, ob es träume oder wache, aber es lief hinein in die Stube und rief zwischen Weinen und Lachen: ›Macht euch schnell alle hinein in die Kammer und guckt ja nicht durchs Schlüsselloch, es kommt etwas sehr Schönes!‹

Die Mutter wollte fragen, aber Mariechen bat sie so herzlich, mit den Geschwistern hineinzugehen, dass sie sich fügte. Dann schloss Mariechen schnell die Tür hinter ihnen zu, lief in die Küche, dann wieder herein und holte auf Christkinds Geheiß ein weißes Tuch aus dem Schrank, das es über den alten, schwarzen Tisch breitete. Nun fing der Nikolaus an, auszupacken und seine Siebensachen in die Stube zu schleppen. Mitten auf den Tisch stellte er einen Christbaum, der war über die Maßen schön geschmückt und mit Lichtern ganz übersät. Der Baum stand in einem Moosgärtchen, darin weideten weiße flockige Schafe mit goldenen Halsbändern und langen roten Beinen, und ein Schäfer saß auf einem Felsen und blies auf seiner Schalmei, man hörte es aber nicht. Dann wurden um den Baum herum große Herzlebkuchen gelegt, für die Mutter und jedes der Kinder einer. Auf jedem schichtete Christkind ein Häufchen Äpfel, Nüsse und Anisgebackenes auf und legte die Pakete daneben, die Nikolaus ihm reichte. Da war für die Mutter ein warmes Tuch, für Gretchen ein Kleidchen und eine schöne Puppe, für Hans eine Mütze und ein Lesebuch, für Jakob ein Kittel und eine Flinte und für den kleinen Trompeter, der spaßigerweise auch gerade Peterchen hieß, warme Schuhe und Strümpfe und ein Paar wundernette Pferdchen mit roten Zäumen.

Mariechen half auspacken und auflegen und war ganz außer sich vor Freude. Als sie fertig waren, sagte Christkind: ›Für dich, Mariechen, habe ich nichts, was meinst du dazu?‹

›Oh, liebes Christkind‹, rief Mariechen und hob die gefalteten Hände in die Höhe, ›ich bin doch die Glücklichste von allen; du gibst mir das Schönste und Beste, indem ich den anderen bescheren und ihre Freude sehen darf.‹

›Recht so, meine Kleine‹, antwortete Christkind und küsste Mariechen wieder auf die Stirn, ›bleib so gut und liebevoll, und es wird dir wohlgehen auf der Erde, und alle Menschen werden dich lieben!‹

›Wir müssen fort‹, mahnte Nikolaus, ›wir sind noch lange nicht fertig.‹

›Ich komme schon, alter Brummbär‹, sagte Christkind, breitete seine Flügel auseinander, lächelte Mariechen noch einmal freundlich zu und - fort waren sie. Nur ganz aus der Ferne hörte man noch Eselchens Glöcklein erklingen.

In dem engen Häuschen aber erhob sich jetzt ein Jubeln und Jauchzen, wie es in keinem der reichen, stattlichen Häuser froher und herzlicher sein konnte. Auf Mariechens Ruf waren alle aus der dunklen Kammer herausgestürzt, standen erst einen Augenblick wie versteinert, und dann brach die helle Freude los.

›Ach, was für ein schönes Kleid! - Wie, eine Flinte für mich? Ich schieße euch alle tot: Piff, paff, puff! - Ein Buch, ein Buch! Daraus lese ich euch vor! - Zieh, Gaul, zieh!‹ So ging es wohl eine Viertelstunde lang ohne Aufhören, man wurde fast taub von dem Lärmen.

›Aber Mariechen, du hast ja gar nichts‹, riefen auf einmal die Geschwister, nachdem sie sich an ihren Geschenken und dem strahlenden Christbaum sattgesehen.

Die Mutter, die bis dahin nur bald gelacht, bald geweint hatte, nahm ihr Mariechen in den Arm, küsste und drückte es fest an sich und sagte zu den anderen: ›Seht ihr nicht, dass sie das Beste bekommen hat! Weil sie so gerne gibt, durfte sie uns geben, und das ist immer noch zehnmal seliger als nehmen.‹«

Wie nun die Tante schwieg, denn die Geschichte war zu Ende, blieben die Kinder noch ein Weilchen still sitzen, dann sagte Mathildchen: »Tante, ich möchte die rosa Puppe, welche du mir heute gekauft hast, gerne dem kleinen Mädchen bescheren, das wir heute auf dem Markt gesehen. Wenn wir nur wüssten, wie es heißt und wo es wohnt!«

»Und ich will die Peitsche bescheren!«, rief Georg.

»Wollt ihr gerne?«, sagte die Tante; »nun, das ist schön, da haben wir ja alle drei den nämlichen Gedanken, und ich weiß auch, wie die Kinder heißen und wo sie wohnen. Heute Abend erlaubt euch die Mama, ein Stündchen länger aufzubleiben; da sollt ihr mir eine ganze Weihnachtsbescherung für sie rüsten helfen!«

Georg und Mathildchen klatschten vor Freude in die Hände und liefen geschäftig hin und her, der Tante zu helfen. Erst wurde das Tannenbäumchen hereingebracht, welches sie auf dem Markt gekauft hatten, wurde in ein Moosgärtchen gesteckt, in dem gleichfalls rotbeinige Schafe weideten, und hernach wurde feierlichst die große Tasche herbeigeschleppt, die so viele Schätze verschlungen hatte und die sie nun alle wieder herausgeben musste.

Die Kinder bekamen Nadeln und Faden, damit fädelten sie die Glasperlen ein, dann wickelten sie feinen Draht um die goldenen und silbernen Nüsse und knüpften lange Seidenfäden an die Konfektstücke. Die Tante hängte alles auf, befestigte die Kerzchen an dem Baum, und bald stand er fertig geschmückt vor ihnen. Dann wurden die Spielsachen und Kleidungsstücke, welche die Tante besorgt hatte, herbeigeholt, für jedes Kind wurde ein Päckchen gemacht und sein Name darauf geschrieben. Dass die rosa Puppe und die Peitsche mit dabei waren, versteht sich von selbst.

Sie waren kaum fertig, als es anklopfte und eine Frau hereintrat, die gar ärmlich, aber reinlich gekleidet war. Die Tante begrüßte sie freundlich und sagte zu ihr: »Liebe Frau, da haben wir, mein Mathildchen, mein Georg und ich, eine kleine Christbescherung für Ihre Kinder hergerichtet. Nehmen Sie alles mit sich, verstecken Sie es daheim, und morgen Abend, wenn es fünf Uhr schlägt, zünden Sie den Kinderchen den Christbaum an, da brennt er gerade zur selben Zeit mit dem unsrigen.«

Die Frau war überglücklich; sie drückte der Tante die Hand, küsste Georg und Mathildchen und packte dann mit deren Hilfe alles wohl zusammen.

Nun waren aber die Kinder sehr müde sowie die Tante auch. Sie setzte sich mit ihnen noch einen Augenblick auf das Sofa und nahm jedes in einen Arm, da sagte Mathildchen, indem es sein Köpfchen an die Schulter der Tante legte: »Tantchen, ich bin so vergnügt! Ich denke gar nicht mehr daran, dass morgen schon Weihnachten ist, ich meine, es habe mir schon beschert!«

»Ich bin auch vergnügt, mein Goldkind«, antwortete die Tante, »denn das gibt eine Bescherung nach meinem Sinn. Aus den großen, allgemeinen Bescherungen, wo die armen Kinder in fremden Häusern und unter den Augen von fremden Leuten in einen Saal mit einigen Christbäumen getrieben werden, wo sie sich kaum umzusehen, noch weniger sich laut zu freuen wagen und dann, wenn sie heimkommen, ihr dunkles Stübchen noch dunkler finden, mache ich mir im Grunde nicht viel. Wenn ich ein König wäre, müsste am Weihnachtsabend in jedem Häuschen, wo Kinder sind, ein Christbaum brennen, und wäre er auch nicht größer als meine Hand!«

Die Tante sagte das eigentlich nur für sich, denn die Kinder hätten es doch nicht verstanden und waren auch schon halb eingeschlafen.

Als es aber wieder Abend wurde, da brauchte die Tante nichts mehr zu erzählen, denn da war der Heilige Christ selber gekommen und hatte alle Wünsche, Träume und Hoffnungen in glückselige Wirklichkeit verwandelt. Georg und Mathildchen waren außer sich vor Freude, sie wussten kaum, was sie zuerst und am meisten bewundern sollten. Mathildchen stand vor einer herrlichen Puppenküche und war bereits in voller Tätigkeit, einen Kuchen zusammenzurühren, da rief sie plötzlich aus ihrem Jubel heraus: »Ach Tante, eben denke ich dran! Jetzt ist es auch hell bei den armen Kindern und beschert es bei ihnen. Das ist doch noch das Allerschönste!«

»Ja, das Allerschönste!«, wiederholte Georg von seinem neuen Schaukelpferd aus.

Winterlied

Das Feld ist weiß, so blank und rein,
vergoldet von der Sonne Schein,
die blaue Luft ist stille;
hell wie Kristall
blinkt überall
der Fluren Silberhülle.

Der Lichtstrahl spaltet sich im Eis,
er flimmert blau und rot und weiß
und wechselt seine Farbe.
Aus Schnee heraus
ragt, nackt und kraus,
des Dorngebüsches Garbe.

Von Reifenduft befiedert sind
die Zweige rings, die sanfte Wind'
im Sonnenstrahl bewegen.
Dort stäubt vom Baum
der Flocken Flaum
wie leichter Blütenregen.

Tief sinkt der braune Tannenast
und drohet mit des Schnees Last
den Wandrer zu beschütten;
vom Frost der Nacht
gehärtet, kracht
der Weg von seinen Tritten.

Das Bächlein schleicht, von Eis geengt;
voll lauter blauer Zacken hängt
das Dach; es stockt die Quelle;
im Sturze harrt,
zu Glas erstarrt,
des Wasserfalles Welle.

Die blaue Meise piepet laut;
der muntre Sperling pickt vertraut
die Körner vor der Scheune.
Der Zeisig hüpft
vergnügt und schlüpft
durch blätterlose Haine.

Wohlan! Auf festgediegner Bahn
klimm' ich den Hügel schnell hinan
und blicke froh ins Weite
und preise den,
der rings so schön
die Silberflocken streute.

Johann Gaudenz von Salis-Seewis

Johann Wolfgang von Goethe

Am Weihnachtsmorgen 1772

erhalten Wetzlar, den 26. Dezember 1772

Christtag früh. Es ist noch Nacht, lieber Kestner. Ich bin aufgestanden, um bei Licht morgens wieder zu schreiben, das mir angenehme Erinnerungen voriger Zeiten zurückruft; ich habe mir Kaffee machen lassen, den Festtag zu ehren, und will euch schreiben, bis es Tag ist. Der Türmer hat sein Lied schon geblasen, ich wachte darüber auf. Gelobt seist du, Jesus Christ. Ich hab diese Zeit des Jahres gar lieb, die Lieder, die man singt; und die Kälte, die eingefallen ist, macht mich vollends vergnügt. Ich habe gestern einen herrlichen Tag gehabt, ich fürchtete für den heutigen, aber der ist auch gut begonnen, und da ist mir fürs Enden nicht angst. (...) Der Türmer hat sich wieder zu mir gekehrt, der Nordwind bringt mir seine Melodie, als bliese er vor meinem Fenster.

Gestern, lieber Kestner, war ich mit einigen guten Jungens auf dem Land, unsere Lustbarkeit war sehr laut, und Geschrei

und Gelächter von Anfang zu Ende. Das taugt sonst nichts für die kommende Stunde, doch was können die heiligen Götter nicht wenden, wenn's ihnen beliebt; sie gaben mir einen frohen Abend, ich hatte keinen Wein getrunken, mein Aug war ganz unbefangen über die Natur. Ein schöner Abend; als wir zurückgingen, wurde es Nacht. Nun muss ich dir sagen, das ist immer eine Sympathie für meine Seele, wenn die Sonne lang hinunter ist und die Nacht von morgen heraus nach Nord und Süd um sich gegriffen hat und nur noch ein dämmernder Kreis vom Abend heraufleuchtet. Seht, Kestner, wo das Land flach ist, ist's das herrlichste Schauspiel. Ich habe jünger und wärmer stundenlang so ihr zugesehen hinabdämmern auf meinen Wanderungen. Auf der Brücke hielt ich still. Die düstere Stadt zu beiden Seiten, der still leuchtende Horizont, der Widerschein im Fluss machte einen köstlichen Eindruck in meine Seele, den ich mit beiden Armen umfasste. Ich lief zu den Gerocks, ließ mir Bleistift geben und Papier und zeichnete zu meiner großen Freude das ganze Bild so dämmernd warm, als es in meiner Seele stand. Sie hatten alle Freude mit mir darüber, empfanden alles, was ich gemacht hatte, und da war ich's erst gewiss, ich bot ihnen an, drum zu würfeln, sie schlugen's aus und wollen, ich soll's Mercken schicken. Nun hängt's hier an meiner Wand und freut mich heute wie gestern. Wir hatten einen schönen Abend zusammen, wie Leute, denen das Glück ein großes Geschenk gemacht hat, und ich schlief ein, den Heiligen im Himmel dankend, dass sie uns Kinderfreude zum Christ bescheren wollen. Als ich über den Markt ging und die vielen Lichter und Spielsachen sah, dachte ich an euch und meine Buben, wie ihr ihnen kommen würdet, diesen Augenblick ein himmlischer Bote mit dem blauen Evangelio, und wie aufgerollt sie das Buch erbauen werde. Hätte ich bei euch sein können, ich hätte wollen so ein Fest Wachsstöcke illuminieren, dass in den kleinen Köpfen ein Widerschein der Herrlichkeit des Himmels geglänzt hätte. Die Torschließer kommen vom Bürgermeister und rasseln mit Schlüsseln. Das erste Grau des Tages kommt mir über des Nachbars Haus, und die Glocken läuten eine christliche Gemeinde zusammen. Wohl, ich bin erbaut, hier oben auf meiner Stube, die ich lang nicht so lieb hatte als jetzt. (...)

Grüßt mir die Lieben alle. Und lasst von euch hören.